HINT

HINT

小酒井不木 著
劉愛麦 譯

人工心臟

起死回生的暗黑魔戒，小酒井不木醫學犯罪小說選集

導讀

小酒井不木的異常心理、醫學與犯罪世界

◎林斯諺／推理小說作家、東吳大學哲學系副教授

本書精選小酒井不木十一篇「變格派」小說（專注於犯罪或異常心理，相對於注重邏輯解謎的「本格派」），融合犯罪、科幻、獵奇、怪談、醫學等元素，整體而言風格偏向病態、黑暗。大部分選文與醫學元素有直接或間接相關，與作者身為醫學博士的背景契合。

談到二十世紀上半葉的日本早期推理，小酒井不木是一個不可被忽視的名字。雖然他只活了短短三十八年，但留下不少著述，除了小說之外，尚有研究文集與譯著。看得出來，小酒井不木是一名在知識與創作上都有強烈渴求的知識分子。他在推理創作的貢獻尤其重要，主要是因為他的創作技巧、故事性以及題材都有其獨到之處。

小酒井不木在本格推理方面的建樹見於科學偵探系列（四塊玉文創HINT系列《深夜的電話》有收錄這系列的故事）。從該書可見作者將科學理性、邏輯解謎大力彰顯於本格推理中。但本選集呈現的是一個完全不同的世界。如果說《深夜的電話》充滿了科學理性撥雲見日的明亮感，本書則完全相反，更多的是人性的幽微與愛恨糾葛，這也是變格派推理小說的迷人魅力。

首篇〈遺傳〉只有短短兩千多字（中文字），從謀殺案的鋪陳、線索安排到真相揭露卻都井井有條。要知道推理小說是愈短愈難寫，因為篇幅愈短，前述的要件所能發揮的空間就愈少。但這篇小說除了兼顧謀殺案的解決，還用了「最後一行的意外性」這種寫作技巧（意指直到故事最後一行才揭穿爆點，讓讀者驚愕）。可謂極短篇犯罪小說的佳作。

〈犬神〉的篇名很容易讓人聯想起橫溝正史的名作《犬神家一族》，而兩篇故事的確也都與詛咒有關。本篇開宗明義就提到是受愛倫坡（Edgar Allan Poe）的經典小說〈黑貓〉（The Black Cat）影響，算是一篇致敬作，前者與狗有關，後者與貓有關，形成有趣對比。愛倫坡是推理小說之父，〈黑貓〉不是推理小說，卻是他最為人所知的恐怖小說之一。由於〈黑貓〉的經典地位，向其致敬的推理作品也不是只有本作。荷蘭漢學家、推理作家高羅佩（Robert van Gulik）的狄仁傑探案之《玉珠串奇案》（*Necklace and Calabash*）明顯也是向〈黑貓〉致敬。不同的是〈犬神〉加入了作者最擅長的醫學題材，讓故事別有一番風味。在小酒井不木的年代，推理小說剛成為日本作家爭相創作的文類，會受到典範人物的經典作品影響也是很自然的事。

〈第一次出診〉是篇很有趣的極短篇，只有一千多字，卻令人印象深刻。故事描寫一名醫生第一次出診就「出包」，到底這個致命的錯誤會不會造成致命後果？挑戰一千字營造懸疑感與意外結局。小酒井不木辦到了。本作或許也道出了許多第一次出診的醫生的心聲。

〈肉瘤〉一樣是醫學題材的極短篇，直接呈現醫療現場，描寫患者對抗病魔的心理與醫生扮演的角色。以心理描寫取勝之作。

〈血友病〉對於醫學知識的結合更為緊密，與上一篇〈肉瘤〉相同，故事的主述者就是醫生。本作與〈遺傳〉、〈肉瘤〉同樣是兩千多字的極短篇小說，同樣有著意外結局，但並非「最後一行的意外性」。本篇部分設定帶有幻想成分。

〈瘋女人與狗〉結合怪談與復仇故事，讀來令人同情又不寒而慄。如果說〈犬神〉還有愛倫坡的影子在，本作可說是小酒井不木一篇屬於自己的成功恐怖、犯罪小說，尤其故事最後的回馬槍，巧妙融合醫學知識，讓人不寒而慄又拍案叫絕。

〈死亡之吻〉是一篇非常優秀的犯罪小說，同樣結合了醫學知識，而且安排了令人意想不到的結局。如果喜歡這種圍繞在愛情與疾病的短篇犯罪故事，或許也會喜歡松本清張的〈確證〉（收錄於《黑地之繪》）。

〈卑鄙的毒殺〉以醫院為場景，展開非常奇妙的復仇故事。以毒藥的賭注來復仇，衍生出無法預料又具有諷刺性的結局，充分展現短篇犯罪小說的妙味。

〈相似的秘密〉全篇以書信構成。在小說創作的傳統中，書信體小說（epistolary novel）是常見的一種敘事體裁，通常是以一人或多人的書信構成，或者是將書信混雜其他文字載體（例如報章雜誌）。進入數位時代後，書信的表達逐漸被影像或數位訊息取代，現代的「書信體」犯罪推理代表作品大概就是電影《人肉搜索》（*Searching*）以及《人肉搜索2：失蹤搜救》（*Missing*），全片都以視訊、短訊或監視器鏡頭構成。〈相似的秘密〉是書信體短篇。在日本推理中，以書信體裁呈現的名作有橫溝正史的中篇〈水井怪聲〉。本作從頭到尾其實只有同一人寫的兩封書信，卻能創造出情節轉折與意外結局，並且沒有涉及實質的犯罪情節，是非常有創意的一篇作品。這篇同樣有融合醫學題材。

〈鼻子殺人事件〉也是向愛倫坡致敬的作品。在愛倫坡另一篇著名的恐怖小說〈洩密的心臟〉（The Tell-Tale Heart），敘事者因看不順眼一名老人的假眼而謀殺了他。在本作中，凶手則是看不順眼某人的鼻子。〈洩密的心臟〉對於人類的異常心理有著深刻的描繪，但本作比較屬於戲謔之作（光是有人會為了鼻子而殺人，這件事本身就十分荒謬可笑），著重在情節的懸疑與意外結局。然而，本作畢竟是推理小說，與愛倫坡恐怖小說的創作目的不同。本作雖然沒有醫學成分，卻有「機關型詭計」的科學殺人法，最低程度也保留了〈洩密的心臟〉對於異常心理的探討。

最後一篇〈人工心臟〉是全書篇幅最長的一篇，也是結合科幻與醫學的異想之作。全篇以主角作為一位醫學研究生的視角出發，奠基在醫學學理上，矢志研究出可以讓人死而復活的人工心臟。通篇充斥醫學知識，可說是直接搬出了小酒井不木的看家本領。這些厚重敘述牽引著讀者的懸念：人工心臟究竟是否可行？故事結尾可謂出人意表，直接導向哲學理論的思索。我認為這篇故事可與貫井德郎的長篇小說《轉生》所傳達的思想相互對照。

總的來說，本選集呈現出小酒井不木驚人的創作力，不論是極短篇或一般長度的短篇都能夠展現出奇巧構思，即使是近百年之後的今日讀來，仍然沒有太大的過時感。尤其醫學知識的大量融入讓這本變格派選集更是獨樹一幟，值得喜愛日本早期偵探犯罪推理小說的讀者細細品味。

目次

遺傳

將種種因素結合起來後，我有了一個令人不寒而慄的猜想，並用最快的速度趕到圖書館，查閱舊刑法條文。

「你是問，我為什麼會走上刑法學家這條路是嗎？」剛過四十歲的K博士說，「這個嘛……簡單來說，是因為這道疤。」

K博士指向自己脖子正面的偏左處，那裡有一道約六公分長的傷疤。

「那是淋巴結核開刀留下的疤痕嗎？」我沒頭沒腦地問道。

「不是，雖然這實在不是什麼光彩的事，但我就直說了吧，曾經有人打算先殺了我再自殺，這是當時留下的疤痕。」

這出乎意料的答案令我無言以對，只能靜靜地看著他。

「這也沒什麼好大驚小怪的，年少輕狂嘛。年輕人好奇心旺盛，偶爾就會闖下大禍，我的這道疤，就是好奇心留下的紀念。

當初我之所以主動接近那位名叫初花的吉原花魁[1]，也是出自於好奇心。然而隨著接觸愈多，竟超出了好奇心的境界，陷入一種非比尋常的狀態。那不是用『戀愛』二字可以表達的，嗯，勉強算得上是啦。她是個足以用『妖婦』來形容的尤物，那傾國傾城的美貌令我產生了征服她的想法。當時她十九歲，我二十五歲，剛從T大學的文科畢業，用老一輩的話來說，我倆都正值厄年[2]。

一開始她對我冷淡至極，連看都不看我一眼。然而命運就是如此不可思議，慢慢的，她對我日久生情，並在一天晚上告訴我自己不為人知的可憐身世。聽完後與其說心生同情，她的故事更引發了我的好奇心，也因而將我倆引入火坑。像你這樣的年輕人，應該不難了解我當時的心情。

她的身世說起來非常簡單，她從小和母親在一間山中小屋相依為命，十二歲那年母親去世，臨終前奄奄一息地說出了一個天大的秘密：『我並不是妳的母親，妳媽媽是我女兒，我其實是妳的外婆。妳爸爸在妳還在肚子裡時就遇害身亡，媽媽在妳出生百日後也遭人殺害。』當時她年紀尚小，聽到這個消息有如晴天霹靂。她連忙問外婆凶手是誰，但外婆動了兩三下嘴唇便斷氣了。

譯註1　吉原為日本舊時的著名風月區，花魁則指店內的頭號紅牌。

譯註2　厄運之年，類似「犯太歲」。

她發誓要找出殺害雙親的凶手報仇雪恨，然而她既不知道自己是在哪出生的，也不知道自己的本名，自然無從得知凶手是誰。於是，全世界的人都成了她的仇敵。外婆離世後的那幾年，她吃了許多苦，過著有如驚濤駭浪般的生活，心中對世間的怨恨也終於爆發。所以她才會自投苦海，將世間男子玩弄於股掌之上，藉此稍稍滿足自己的報復心，以撫慰父母在天之靈。只能說，她祭奠雙親的方式比較特別。

聽完她的身世，我決定查出殺害她雙親的凶手。與其說我同情她，倒不如說這個故事激發了我的偵探精神。然而，即便是洞若觀火的名偵探，光憑這點線索也很難找出凶手。我的直覺告訴我，外婆的遺言中肯定藏有破案的關鍵。接下來的幾天，我簡直可用廢寢忘食來形容，不斷默唸『妳爸爸在妳還在肚子裡時就遇害身亡，媽媽在妳出生百日後也遭人殺害』這段話，思考可能隱藏於其中的意義，特別是『百日後』這三個字。

她不知道自己的姓名和出生地，代表婆孫倆因為某些原因而不得不離鄉背井；外婆一直到死前才把父母雙亡的事情告訴她，一定也有不可告人的內幕；外婆臨終前面對她的追問，卻沒有說出凶手是誰，可想而知是不願回答。將種種因素結合起來後，我有了一個令人不寒而慄的猜想，並用最快的速度趕到圖書館，查閱舊刑法條文。

其中的某個條文讓我確信自己的推測是對的，我已經知道是誰殺了她的父母。因真相實在太過駭人聽聞，還是不要讓她知道為妙。然而明知如此，我還是壓抑不住想要向她坦白一切的衝動，我想這也是出自年輕人的好奇心吧。我思考了各種告知的方法，卻遲遲想不出好主意，最後我決定先與她見面再說。

因忙著思考凶手和跑圖書館，我已經將近兩週沒見到她。那天晚上，我出其不意地去找她，她板起臉孔責問道：『你為什麼都不來找我？是不是聽了我的身世就厭棄我了？』我回：『不是的，這段時間我都在調查殺害妳父母的凶手。』她對著我哭喊：『少騙人了！怎麼可能！如果你不要我，我也不要活了！』她的眼淚讓我慌了手腳，不小心說溜嘴：『是真的，我已經查到凶手是誰了。』

我知道她一定會纏著我問凶手是誰，索性撕下一張記事本的內頁，用鉛筆寫下我查到的刑法條文，拿給她說：『妳看了就明白了。』

她迫不及待地讀了起來，然而讀完後，卻若有所思地將紙揉成一團，瞬間換上笑咪咪的表情，並開始取悅我。這出乎意料的反應令我目瞪口呆。

躺上床後，她突然問我：『不管我是什麼樣的人，你都不會丟下我對吧？』同樣的問題問了好幾次。我想，她應該知道是誰殺害自己的雙親了。奇妙的是，一想到這裡，我覺得自己似乎更愛她了。我拿出真心安慰了她一番，對她說了前所未有的甜蜜情話。見她安心入夢，我也跟著沉沉睡去。

幾個鐘頭後，我感到脖子傳來一陣劇痛，驚醒後不一會就喪失意識。當我再次醒來時，發現自己躺在一張白色的床上，旁邊還有護士在照顧我。

經過一番詢問，才知道那天晚上她用剃刀割破我的咽喉，然後握著那張寫著刑法條文的紙條，割頸自殺了。原來她一開始沒看懂條文，等我入睡後才帶著紙條去問青樓老闆，這才得知凶手的真實身分。知道真相後的她非常害怕，認為我一定會嫌棄她的身世而不再愛她，便決定先殺了我，再自己走上絕路。」

說到這裡，K博士歇了口氣。

「我想你應該已經猜到了。當時我猜想，她的父親大概是被孕妻，也就是被她的母親殺害的，而她的母親則是喪命於行刑者之手。這段悲慘的『遺傳性命運』，就是促使我成為刑法學家的原因。你看這個……」

K博士拉開一旁的桌子抽屜，拿出一張皺巴巴的紙條。

「這就是她當時握在手上的駭人條文。」

我急忙接過紙條，只見上面用已經淡掉的鉛筆筆跡寫著——

「死刑定讞之懷孕婦女得暫緩執行，待分娩百日後方予以行刑。」

犬神

「狂犬！」老實說，比起狂犬病毒，我的第一個想法是犬靈在作祟，對死於非命的恐懼嚇得我全身發抖。

如果我有愛倫坡（Allan Poe）的文采，接下來我要說的故事，或許就能讓讀者感受到《黑貓》十分之一的樂趣。然而很可惜，我以前只是個普通上班族，雖然喜歡讀偵探小說，但直到二十五歲的今天，都未曾寫過這種風格的文章。如今我在這間昏暗牢房中埋頭寫作，打算在等待死刑的期間，如實記下我犯下殺人重罪的來龍去脈。因故事太過離奇，各位看完後或許會認為我在胡扯，但我寫的句句屬實，絕無加油添醋。即便醫生說我現在可能有精神異常的問題，我還是想記下這個精神狀態當下的真實。

我的故事其實和《黑貓》的內容大同小異，兩個案件的起源相當類似，只是愛倫坡的重心是黑貓，我的則是狗。有些人看完後，可能會覺得這是一篇模仿《黑貓》的創作，但我並不在意，不僅不在意，能和《黑貓》相提並論，反而能讓我感到至高無上的快樂。畢竟在文學巨匠的大作面前，我那拙劣的文筆根本不值一提。

我生於伊予國[1]的偏僻鄉村。相信各位都聽過四國犬神、九州蛇神等傳說吧？我就是在犬神之家出生的孩子。犬神之家有個迷信，那就是只能和犬神之家的成員結婚，若是和普通家庭的人結婚，夫妻兩人都會死於非命，家裡就會斷子絕孫。說來難為情，我的父母其實是比堂兄妹更親的某種近親關係。我是家中獨子，從小就嬌生慣養，讀完鄰鎮的中學後就一直在家無所事事。如果爸媽還在世，我們現在應該還在鄉下收租過活。然而，他們在幾年前的一場流行性感冒中雙雙喪命，之後我便接收了家中的土地，成了當地地主。因我實在厭倦了那陰魂不散的犬神傳說，索性便在去年春天賣掉家裡的所有土地和房產，前往東京追尋自由的空氣。

我們家有個傳家之寶，那是一幅長約一公尺半的橫向字畫，上面寫著「金毘羅大神」五個字，題字者不詳，看上去年代久遠，雖然紙張顏色已經泛黃，但字上還帶著墨光，仔細端詳，收筆處還浮現出一股勃勃生氣。爸媽還

譯註1 日本舊時地名，相當於現在的愛媛縣。

在世時經常對我耳提面命，無論再怎麼窮困潦倒，也絕不可賣掉這幅字畫，所以我便將這幅字畫帶到了東京。來到東京後，我先暫住在好友位於芝區的家中，不久便在附近租了一間庭院環繞的小房子，自己開伙，玩樂度日。後來我覺得這樣是在虛度人生，便在某家公司找了份工作。我將「金毘羅大神」的字畫掛在客廳，當時的我做夢也沒想到，這幅字畫之後竟會讓我身敗名裂。

開始上班後，我過著風平浪靜的日子，然而好景不常，我很快就與一名咖啡廳的女服務生開始同居，之後各種不幸便接踵而來。在咖啡廳工作的她看起來乖巧溫順，但實際交往後，我發現她無法滿足我的內心，該說是一種幻想破滅的悲哀嗎？然而，我還是對她魂牽夢縈，她也對我鍾情不已。用「鍾情」這個詞或許不夠準確，但至少她對我做的事都非常露骨，比方說，每次我下班回家，她就會貪婪地纏在我的身上，瘋狂地與我調情。

不知不覺間，我開始感受到一種不可言喻的沉重。某天，一個讀醫大的朋友揶揄我說：「你的臉看起來縱慾過度了喔！」然後又說：「縱慾過度的人和妓女一樣，通常都非常迷信。」這句無心之語在我的心中降下了一聲響雷，我不知道他說的是否有醫學上的根據，但在那之後，一道陰霾逐漸覆蓋住我的內心。「犬神家族的成員若和普通女人結婚，夫妻都會死於非命」——我們家代代相傳的犬神迷信，正一步步佔據我的心頭，而且一天比一天根深蒂固。

我和她並非法律上的夫妻關係，就算要登記結婚也無從辦起，因為她從未提起自己的出身，既沒有提筆給誰寫過信，也沒有人來找過她，看似無父無母，也沒有手足。就連「露木晴」這個名字，都不確定是不是真名。我曾問過她的年齡，但她不肯說，我也沒有追問下去，因為知道了也沒有任何意義。從說話方式來看，她並不是四國或九州人，感覺應該是東北姑娘。但這些都無所謂，反正我沒有意思要調查她的出身。

雖然我們沒有登記結婚，卻是事實上的夫妻關係。犬神家的迷信在我心中揮之不去，至今仍覺得自己會遇上無妄之災。

某天下班後，我從芝公園散步回家，一隻白狗突然齜牙咧嘴地衝向我，以迅雷不及掩耳的速度咬住了我的褲子。還沒等我反應過來，白狗已鬆開嘴跑到遠方，右腳的小腿肚也傳來一陣有如灼燒般的劇痛。

「狂犬！」老實說，比起狂犬病毒，我的第一個想法是犬靈在作祟，對死於非命的恐懼嚇得我全身發抖。愣在原地一陣後，我好不容易才回過神來，從口袋裡拿出手帕包紮傷口，然後跛著腳走回家。

看到我拉開家中木門，她立刻衝了出來，打算像平常一樣纏在我身上，但她察覺到我的臉色不對勁，又看到我腫脹的小腿，便停下了動作，沒等我開口解釋，就直接蹲下身來，將傷口上的手帕解開，盯著滿是鮮血的傷口瞧。端詳了將近一分鐘後，她突然用右手撫上我的右腿，模仿狗咬人一般含住了我的傷口，然後有如嬰兒吸吮母乳似的，一口接著一口吸了起來。我下意識地想要縮回小腿，但她使勁令我動彈不得。這突如其來的舉動再加上剛才的驚嚇，我就這樣放空了一陣，任由她幫我吸血。大約三分鐘後，她一臉享受地吞了下去，然後露出沾滿鮮血的牙齦笑道：「你被狂犬咬了吧？我已經幫你把毒吸出來了，這樣就不用去打針了。」

那天晚上，她幫我吸了四、五次血。

但我不放心，隔天還是向公司請假，前往每日傳染病研究所打了狂犬病預防針。她知道這件事後不太開心，但也沒有哭鬧生氣，只是再也沒有幫我吸血，又像以前一樣與我調情、舔拭我的身體。

即便打了預防針，我的心情還是日漸消沉。會不會狂犬病毒已經蔓延到全身了？會不會那隻狗的病毒特別頑強，打預防針也殺不死呢？我將這些擔憂告訴幫我打針的醫生，他安慰我說：「來我們這裡打預防針的人都沒有出現恐水症。」恐水症！我怎麼就給忘了呢？狂犬病患者會怕水！我有個習慣，每天經過芝園橋時，都會停下腳步盯著橋下的水面看，而到目前為止我都沒有害怕的感覺，看來我並沒有罹患狂犬病。然而，這樣的安心只是一時的，「犬神作祟」、「死於非命」這些想法並沒有從我腦海中消失，反而更加盤根錯節。

最終我還是辭去了工作。因為和她從早到晚待在一起實在令人窒息，所以我都是上午去打針、下午出門散步，她也從不吵著要跟。一天晚上，我在日本橋的高級餐廳吃完晚餐，趁著黃湯下肚心情不錯，便躡手躡腳地開門走進家中，想要逗她一下。沒想到走到客廳門口後，本來要嚇她的我，反而嚇得魂飛魄散，像被人澆了一桶冰水般愣在原地。

眼前的她正像隻狗一樣，將脖子伸得長長的，舔著火盆裡的灰燼。

面對這駭人的景象，我本打算拔腿就跑，但她正好抬起頭來，面不改色地看著我，拿起手帕擦嘴說：「你什麼時候回來的？我懷孕了，最近一直想吃灰燼和泥巴。」

聽到這句話我才回過神來，隨之放下心中大石。有些女人在懷孕時會出現異食癖，食用平常根本不吃的東西，她之前喜歡吸我的血，應該也是懷孕所致。然而，這樣的安心感瞬間就消失了，緊接而來是深深的恐懼。如果她真的懷孕了，那腹中胎兒就是我們「結婚」的鐵證。我彷彿看到命運黑手又拿了一塊黑幕將我們緊緊包住。

我下意識地看向門楣上的字畫，「金毘羅大神」五個字竟發出微微暗光。

我的心愈發陰鬱，她真的懷孕了嗎？還是說，她和我一樣受到了犬神的詛咒呢？此時我的精神狀態已經到了極限，整日心慌意亂，甚至想要一了百了，先咬死她再自我了斷。

隔天，我打完最後一劑預防針後，鼓起勇氣問醫生說：「醫生，今天是我最後一次打預防針，但我還是心神不寧，可以請你幫我抽血檢查嗎？」

「做什麼檢查？」

「我覺得，我的身體裡可能流著狗的血。」

「怎麼可能！」

「我是認真的，拜託你幫我檢查一下。」

醫生一開始還以為我在開玩笑，但看到我一臉正色，便答應了下來。

「好，那就檢查看看吧。如果你真的因為被狂犬咬而變成狗的血質，那可是學界的一大發現。」

說完，他從我的靜脈抽了兩公克的血，注入試管之中。

隔天我迫不及待地前往研究所，醫生看到我進門，立刻沉下臉說：「你來啦？我們有了重大發現，請你跟我來……」

沒等到醫生開始說明，我就轉身跑出研究室。完了完了，萬事休矣，科學證明我的身體裡真的流著狗的血液。我不知道究竟是犬神家族的人天生如此，還是被狂犬咬傷後才出現變化，但無論如何，體內流著狗血都是事實，一想到這裡，就讓我近乎發狂。現在冷靜下來想想，當時醫生說的「重大發現」或許是別的意思。為什麼我沒有進去實驗室確認檢查結果呢？當時我一心只想將體內的污血淨化成人血，不諳醫術、無計可施的我，唯一能想到的方式就是不斷喝酒。

於是我開始縱情狂飲，待在家裡也喝，出門在外也喝，拚命將黃湯灌下肚。

一開始效果甚好，不但心中的不安一掃而空，甚至覺得血液變乾淨了。然而日子一久，酒精的效力愈來愈差，甚至完全失效。一想到自己沒辦法再淨化血液，我就覺得身體裡的血液變得污穢不堪，而且速度比之前更快。

她還是照樣在吃泥舔灰，最近甚至變本加厲，開始吃加了污水的臭泥巴。看來她並不是懷孕，而是被犬神詛咒了。噢不，她自己就是隻狗，她是魔界派來向我索命的魔犬。慢慢的，我開始害怕靠近這個女人，甚至憎恨她的存在。她則一如往常待在「金毘羅大神」字畫的下方，偎著火盆做針線活。

一天晚上，我死命地灌自己酒，一反常態喝了個酩酊大醉回家。當時她正在用白布縫東西，看到我回來，急忙把東西藏在了身後。

「妳在縫什麼？」

我衝到她身邊，一把奪過她手上的東西，定睛一看，不自覺地鬆開了手，東西也隨之掉落在地——那是一隻狗娃娃。

「妳縫這個做什麼？」我心驚膽跳地問。

「我最近突然很喜歡狗的玩具，這也難怪，畢竟我是狗年生的嘛。咦？你怎麼了？表情好嚇人啊。」

說著說著，她來到我身邊想要安撫我，像平常一樣纏上我的身體、舔我的臉頰。然而她這麼一舔，簡直要把我嚇得魂飛魄散，因為她的舌頭就像狗一樣粗糙。現在想想，當時她應該是剛吃完泥巴，舌頭才會凹凸不平。但我已無暇思考，只覺得她就是一隻狗。

我奮力推開了她，她笑著笑著，嘴巴突然就向前突出三寸，變成了狗的嘴筒子。

我拿起插在火盆中的裁縫用烙鐵，使出吃奶的力氣，一棒打在她的額頭上。剎那間，我似乎看到有鮮血濺出，但令人驚訝的是，她一開始並沒有流血，直到一語不發地仰倒在地後，額頭的傷口才流出黑血，在榻榻米上蔓延成一片。

回過神來後，我才發現她的臉已不似從前，那儼然是一張死人的臉。我雖然為自己的衝動悔不當初，心中卻湧現出一股近乎安心的感覺，甚至覺得自己並沒有失去理智。

我將她的屍體放進泡澡桶中、蓋上蓋子，然後回到客廳。令人驚訝的是，她額頭流出來的那攤血，在地板上形成了一隻狗在吠叫的圖案，彷彿有人用紅色水彩刻意畫上去似的。那景象令我冷汗直流，立刻去拿了水桶裝水，急忙把地上那隻可恨的血犬擦掉。令人意外的是，除了那攤血，榻榻米、拉門上、其他地方都沒有任何血跡。

接下來，我花了三天時間將屍體肢解，丟進洗澡間的柴爐中燒毀。晚上經常有不知道哪來的野狗群聚吠叫，所幸沒有人發現我在燒屍。我將柴爐內部清得一塵不染，將灰燼灑在屋子後方的田裡，拿抹布將榻榻米、泡澡桶擦了無數次。我想，就算警方現在來搜索，應該也查不出什麼東西。

第四天早上，家裡來了三個刑警。他們拿出搜索票要求進屋搜索，大概是狗叫聲引發鄰居懷疑，這才驚動了警方。我大方地請三位刑警進門，態度沉著到連自己都深感佩服，並告訴他們女人前幾天出門後就沒有回來。我以為刑警會先問我一些問題，沒想到他們竟直接到洗澡間檢查柴爐裡的灰燼。想當然耳，他們並沒有找到任何東西。三名刑警笑著耳語了一番，隨後便前往客廳，拿出放大鏡檢查榻榻米，但最後還是一無所獲。

突然間，我的胸口感到一股壓迫。因為有點反胃，我不再盯著他們瞧，而是獨自坐到了火盆前，刮弄灰燼打發時間。

過了一會，三人不再交頭接耳，周遭陷入一股尷尬的沉默。我好奇地看向他們，只見三個刑警站在「金毘羅大神」字畫的正下方，彷彿在看飛機特技表演一般，抬頭盯著字畫上某處。

我起身走向三人，順著他們的目光看去。

眼前的景象令我大吃一驚，我能感覺到全身的神經正一根一根地剝離。「金毘羅大神」的「大」字，竟變成了「犬」字，而且「犬」上的那一點，很明顯是紫黑色的血痕。我瞬間恍然大悟，用烙鐵打她額頭時，濺出了一滴血，而這滴血飛濺到字畫的大字上方，我竟然沒注意到。

「唔……」我呻吟了一聲，當場昏倒在地。

第一次出診

注射完後，他看了眼一旁裝針劑的盒子，不禁大驚失色。因爲他打的不是樟腦，而是嗎啡。

他從剛才開始就沒心思工作。一小時前，他剛結束出診回到診所，一下人力車就逃也似的衝進玄關旁的診療室中，在室內踱步沉思。

如今的他愁眉不展，坐立不安，就連平常的心靈慰藉——那些庭院中的花朵，看上去都像在嘲笑他似的，眼見耳聞的一切都讓他心浮氣躁。不巧的是妻子出門去了，沒人可以幫他分愁解憂，只能不時地瞄向門口，擔心下一秒就有人氣喘吁吁地闖進診所。

「我怎麼會鑄成如此大錯呢？這是我在診所開張後的第一次出診，我一定是高興得昏頭了……」稍早他可是興高采烈地搭上人力車往病患家出發，如今卻恨死了那份歡欣。

病患是個五歲的男孩，他抵達病患家時，男孩已經昏倒，嘴唇也因為痙攣而發紫，失去意識。他請家屬燒了盆熱水，將男孩泡在熱水中，很快男孩便恢復了意識，但他為了保險起見，還是幫男孩注射了樟腦液。

注射完後，他看了眼一旁裝針劑的盒子，不禁大驚失色。因為他打的不是樟腦，而是嗎啡。

當下他恨不得挖個地洞鑽進去，他已經聽不見家屬說的話，甚至不敢看病患一眼，最後只得匆匆道別，全身癱軟地坐上人力車。

那是個沒有風的悶熱午後，路邊鬱鬱蔥蔥的水稻葉上積了一層塵土，四處不斷傳來青蛙呼喚雨水的聲音。此時的他心驚肉跳，一心只擔心自己即將大難臨頭，甚至無暇擦去滿頭大汗。

那戶人家大約離診所一公里遠，但他已經不記得自己是走哪條路回來的。他的腦中不斷浮現男孩打了嗎啡後昏死的景象，本想查閱藥物學的書，卻又提不起勇氣走近書架。

就在這時，女傭突然開門問他：「少爺，您不是要擦澡嗎？」

他這才想起，剛才女傭到門口迎接他時，曾問要不要幫他打一盆水，他隨口應了聲好，之後便把這事忘得一乾二淨。但他現在哪有閒情逸致擦澡，便向女傭說：「不用了。」隨後又往門口瞄了一眼。

蟬聲唧唧，遠處傳來紡織機的聲音。

就在這時，一個女人慌慌張張地跑進門，面如死灰，雙眼充血，手上還拿著一個東西。

大難果真臨頭了，這女人肯定是男孩的母親。

此時的他已經無處可逃，只好認命地從窗戶探出頭，問女人說：「有什麼事嗎？」

女人站在玄關前，一臉痛苦地喘著大氣。

「醫生，事情不……」

「咦？」

「事情不好了……」

「怎麼了？」

「我兒子他……」

「他的病情惡化了？」

「不是，他把醫生您忘在我們家的……這個重要的看診工具給弄壞了。」

他定睛一看才發現，女人手上拿著的是壞掉的體溫計和黑色盒子。

現在不是說這個的時候！

「孩子的狀況還好嗎？」

「托您的福，您走後他就恢復精神了，而且還開始調皮搗蛋，弄壞您的看診工具真的很對……」

兩三顆斗大的淚珠從他眼中滑落，把女人嚇得愣在原地，怯生生地看著他，不知道該怎麼向他賠罪才好。

一陣涼風吹進了屋內。

肉瘤

就算我今天坐視不管，這名病患大概也活不過一個月，反之，若他能平安撐過這場手術，親眼看到這個駭人的肉瘤被切除，內心肯定能獲得救贖。

「很遺憾，這已經太遲了，我們束手無策。」我看著男人的右肩說。

此時的他打著赤膊坐在板凳上，右肩上長了一個大如孩童頭顱的惡性腫瘤。

「我已經做好心理準備了。」他的聲音氣若游絲，卻又中氣十足，「醫生，若我半年前就聽從您的建議切除右手，或許還能活命。但我是個做工的人，失去右手就如同取我性命。為了尋找救治的方法，我曾向高僧求助，也拜過祖師廟，泡遍了各大溫泉，但這東西還是愈長愈大。我已經不行了，我知道自己已經沒救了。」

我站在男人的背後，他的太太則站在一旁，淚水滴滴答答地落在地板上。窗戶是開著的，炎夏午後的熱氣與源源不絕的蟬鳴聲一同流瀉進來。看著他褐色皮膚下的肋骨，以及與肋骨連動的肉瘤，我頓時失語，不知該怎麼開口安慰他。那顆肉瘤有如人臉一般，上面布滿了看似火山口的紅色結痂。

他沒有看向我，低著頭繼續說：「醫生，您可以答應我唯一的請求嗎？」

「你儘管說，我一定盡我所能。」我坐到他的面前。

他的呼吸突然急促了起來。

「謝謝您，」他對我鞠躬致意，「求求您，幫我切掉這東西。」說完，他首次抬起了頭。

聽到這個出乎意料的請求，我忍不住看向他。

才三十初頭的他滿臉皺紋，看上去活像個六旬老翁。一對凹陷的眼窩閃爍著不安的神色，等待著我的回答。

「可是……」

「您別誤會了，我不是為了痊癒才求您切除的，我只是想報復這個半年來對我日夜折磨的混帳。只要您能夠親手幫我切除，我就心滿意足了。可以的話，我想要親手把這東西劈成兩半。只要完成這個願望，我就死而無憾了。醫生，求您一定要幫幫我。」病患雙手合十懇求道。

他的右手動得相當吃力，看上去只有左手的一半粗。如此衰弱的身體，只怕連麻醉都熬不過去，更別提動刀了。我狠下心對他說：

「我已經跟你說過了，這是長在肩胛骨上的肉瘤，除了得切掉肩骨，還必須切除整隻右臂，這可是個大手術。你現在身體這麼虛弱，若在手術期間有什麼萬一該怎麼辦？」

病患閉眼沉思了一陣後，對妻子說：

「阿豐，妳應該已經有所覺悟了吧？就算我在手術途中喪命，只要妳能親眼看著這個混帳被切除，我就沒有遺憾了！妳也幫我一起求醫生，快啊。」

聽到這裡，妻子忍不住抽泣了起來，她沒有說話，只是用手帕擦了擦淚水，向我行了個禮。我遲疑了好一陣，不知該怎麼回答。幫沒救的病患動刀無疑是違背醫德的行為，但身為一個人，我實在應該一口答應他的請求。就算我今天坐視不管，這名病患大概也活不過一個月，反之，若他能平安撐過這場手術，親眼看到這個駭人的肉瘤被切除，內心肯定能獲得救贖。

「好，我就幫你切除吧。」

我朗聲說道。

二

「你醒來啦？那就好，那就好。手術一切順利，不用擔心。」

隔天早上開完刀後，聽說病患從麻醉中甦醒，我立刻趕到病房予以慰問。白色的床單映照著他土褐色的臉，妻子和護士都憂心忡忡地看著他。

「謝謝醫生。」他散發出淡淡的氯仿[1]氣味。

「你現在必須靜躺。」

我向護士交代完一些注意事項後，本打算離開，他卻突然叫住了我。

譯註1　俗稱哥羅芳，舊時使用的麻醉劑。

「醫生！」

那強而有力的聲音把我嚇得愣在原地，真不敢相信那是出自剛甦醒的病患之口。

「拜託把那東西拿給我看！」

令我吃驚的不是他那過人的體力，而是那份執念。

「我們晚點再看，你現在得乖乖躺著。」

「我現在就要看！」他急著就要抬頭，我連忙伸手阻止他。

「別動！你現在亂動會昏倒！」

「那就在我昏倒前先拿給我看。」說完他才乖乖躺在枕頭上。

一股壓迫感向我襲來。

我當初就是為了幫他實現親眼看到肉瘤切除的願望，才硬著頭皮開了這台刀，如今根本無從拒絕這個要求。於是我吩咐護士，把切除的右臂拿過來。

過沒多久，護士便捧著一個約兩尺長、上面蓋著紗布的琺瑯鑄鐵托盤走了進來。病患見狀立刻對妻子說：「阿豐，扶我起來！」

「不行！你不可以起身！」

他像個鬧脾氣的孩子一般，不顧我的大聲喝止，堅持要爬起來。我明知他現在起身很危險，卻只能對他言聽計從。他的胸口纏滿了繃帶，我一隻手從右側抓住他左邊的腋下，一隻手扶住背部，撐起他沒什麼重量的身體，小心翼翼地將他從病床上扶起。在強烈意志力的支撐下，他並沒有昏倒，但額頭還是出了汗。

我請護士扶著他，隔著白色棉被將琺瑯鑄鐵托盤放在他的雙腳上，隨後掀開紗布。只見那東西有如某種生物的屍體一般，血淋淋地橫躺在上，五隻手指、掌心、前臂、上臂、肩胛骨，到頭是從肩胛骨長出來的肉瘤。病患看到仇敵一敗塗地，臉上浮現出滿意的表情，喉結上下動了兩、三次。他死死盯著肉瘤表面，彷彿沒有注意到托盤上有其他部位似的。

凝視了約三分鐘後，他突然喘了起來，病房內瞬間充滿了碘仿[2]的氣味。

「醫生！」他顫抖著聲音叫道，「借我手術刀。」

「咦？」這突如其來的請求令我驚慌失措。

「你要做什麼？」他的妻子一臉擔憂地問。

「這妳別管！醫生！快給我！」

我有如機器一般聽命行事，花了約兩分鐘從手術室拿來一把銀色手術刀，放在他眼前的托盤上。只見他用左手一把掐住肉瘤，雙眼有如老鷹一般發出銳利的光芒。

「嗯，涼涼的，看來已經死透了。」他轉頭對妻子說：「阿豐，幫我把右手的繃帶解開！我要用右手。」

聽到這句出乎意料的話，我不禁胸前一震，全身的神經都在劇烈顫抖。

「可是……」妻子一臉為難。

接下來的十秒，是令人心驚肉跳的沉默。在這十秒間，他終於明白自己的右手早已被切下，而且就放在眼前。

「呼，呵……」

他發出一陣不知是呻吟、發笑，還是咳嗽的聲音，然後嘴唇瞬間發紫，突然一軟就倒在了護士的手臂上。他的左手手指深深掐在肉瘤之中，倒下時左手順勢後移，將肉瘤和整隻右臂從托盤上拉到了白色棉被上。

五秒後他開始了死前的抽搐，那隻右臂也跟著在白色棉被上躍動，留下了一整片斑斑血跡。

譯註2 一種傷口消毒藥。

血友病

我不知道爲什麼是一百五十歲這個數字，但我謹遵母親遺命，每天向神祈禱，小心翼翼不讓自己受傷，一路活到了今天。

「無論信念正確與否，人只要死守信念、持續綳緊精神，就能夠長命百歲。」

一場春夜漫談會上，與會者在席間聊起了長壽的秘訣。村尾醫生一臉正色地說完這番話後，說起了一個故事——

「距今大約十年前，我剛開了現在這家醫院。某個夏天早晨，同鎮的下山家派人來報，說是家裡有人生病，要我盡快到府看診。下山家只住了一位老婦人和幫傭的老婆婆，我從未見過那位當家的老婦人，也未曾幫她看過病。這位老婦人年事極高，又是個虔誠的基督徒，鎮上有不少關於她的傳聞。因為她素來少與人來往，無人知曉她家的真實狀況，正好這次幫傭的老婆婆來找我，要我到府幫老婦人看病，我便在好奇心的驅使下，急匆匆地出了門。

進到她家後我嚇了一跳，因為老婦人竟直挺挺地坐在起居室的坐墊上。更令我驚訝的是她的樣貌，一般很難推測老人家的年齡，但直覺告訴我，眼前這位老婦人絕對已超過九十歲高齡。我想大家應該可以想像，她頂著一頭白髮，臉上佈滿了深深的皺紋，全身散發出一種神聖而莊嚴的氣息，令人莫名感到敬畏。雖然這是我第一次見到老婦人，但我還是可以看出她的臉上充滿了憂愁。

『請問您哪裡不舒服呢？』與她打過招呼後，我開始問診。

然而，老婦人並沒有回答，只是直直瞅著我，她的雙眸閃爍著不尋常的光芒，彷彿妙齡女子眼中的愛戀之火，嚇得我心裡撲通一跳。

『醫生，我知道自己命數已盡，即便有您的妙手也無法回春，但活到這把歲數，我還是對世間有所留戀，所以特意請您過來一趟。』

老婦人口齒清晰，語氣完全不像個老人家。如果那是個秋夜，我肯定已經嚇得拔腿就跑。

『我不懂您的意思。』

『這也怪不了你，我就從頭向您解釋一遍吧。我家有個一脈相傳的可怕疾病，一般人受傷很快就能止血，但我家只要受傷就會不斷出血，最後因為血液流盡而死去。我的祖父、父親、叔叔都是死於這種怪病，我的兩個哥哥也是在二十歲左右就因為該病離世。我家從祖父那一輩開始就只有男丁，所以我沒有姑姑，也沒有姊妹。兩個哥哥死去時，父親早已經離世，家裡只剩下我這個唯一的女兒。母親為了幫助我逃離病魔的摧殘，開始信奉基督教，向神祈求我的平安健康。

那年我十三歲，母親不斷祈求神讓我成為一個異於常人的女子，原因很簡單，因為尋常女子到了這個年紀就會月事來潮，而我一旦來了月事，就會因為血流不止而死去。她只能保護我不受外傷，但對於這種身體自然形成的傷卻是無計可施，只能求助神的力量。

聽完媽媽的解釋後，我也開始誠心向神祈求。畢竟我曾親眼看到哥哥的死狀，他臉上受了小傷後，就只能讓拿灰燼吸收不斷流出的鮮血，最後臉色逐漸發白而死，就連醫生也束手無策。至今我仍清楚記得那副景象，唉，好可怕，真的好可怕。

神真的實現了我們的願望，十七歲，二十歲，甚至到了二十五歲，我的月事都沒有來。母親安下心後，在我二十五歲那年夏天撒手人寰，獨留我在人世間。她在臨終前特別叮囑我，要我這輩子不准結婚，因為我一旦結婚生子就只有死路一條，又因為下山家在我死後就會斷子絕孫，所以她要我至少活到一百五十歲。

我不知道為什麼是一百五十歲這個數字，但我謹遵母親遺命，每天向神祈禱，小心翼翼不讓自己受傷，一路活到了今天。很幸運的，我從未生過病，也沒有月事。我是寶曆１×年的今天生的，今天正好滿一百五十歲。』

說到這裡，老婦人露出落寞的微笑，然後一語不發地凝視著我。我心頭再次一驚，一百五十歲這個數字確實令人咋舌，但更令我毛骨悚然的是她的目光。

『可是，』她的雙眸比剛才更加閃閃發光，『我的身體已經撐到極限了。今天早上我的月事來了，您知道我有多驚訝嗎？我的生命已經到頭了。可是醫生，

譯註1　日本年號，一七五一年十二月至一七六四年六月。

月事來潮後，我變得對世間更加留戀，我不想死，醫生，拜託您想辦法救我，求您了。』

這位高齡一百五十歲的老婦人說完後屈膝爬向我，一種難以言喻的不悅瞬間席捲了我的內心。我好不容易讓自己冷靜下來後對她說：

『您不用擔心，貴府世代相傳的疾病名叫血友病，這種病只會發生在家族中的男丁身上，女人是絕對不會罹患的，就算您在十五、六歲月事來潮，也不會因此而喪命。正因為女人有月事，您所信仰的神才安排女人免於血友病。也就是說，您並不會死，即便今天月事來潮，也不會失血過多而死。』

聽著聽著，老婦人的臉上浮現出帶著某種獸性的表情，而且愈來愈明顯，露骨到我無法忽視的地步。我講完後，她突然伸出皺巴巴的雙臂，環抱住我的脖頸。

這突如其來的舉動嚇得我魂飛魄散，急忙推開了她。

過了幾秒我才發現，老婦人，噢不，是老婦人的屍體有如瓠瓜乾一般，醜陋地橫躺在我的面前。」

說到這裡，村尾醫生停了下來，拿出手帕擦了擦後頸。

「我做夢也沒想到自己會經歷這種事，我不知道為何老婦人要撲向我，但我這輩子都無法忘記當時的恐懼。老婦人一直沒有月經或許是某種病症所致，先不說這個，光是能活到一百五十歲就很不尋常了。只能說，這世上有很多事情超乎我們的想像。這件事讓我明白，人一旦放鬆精神，身體也會跟著瞬間崩潰。或許是我說了那番話、讓老婦人鬆懈下來，才害死了她吧……。」

瘋女人與狗

後來只要看到那五個人，牠就會放下嘴中的食物逃之夭夭。世上有些狗比人聰明，小白雖然表面上不做抵抗，但心裡一定很是不甘。

記得那是明治四十一年[1]，當時我人在京都讀高中。那年寒假，我決定從京都徒步走回名古屋的老家，沿路到各大景點觀光。這段路途坐火車要五個小時，惡七兵衛景清[2]只花了十小時就趕到，我則打算花五天慢慢走完。我天生喜歡冒險犯難，不喜歡結伴旅行，那次也是獨自一個人從學校宿舍出發，滿懷著愚不可及的期待，希望自己能夠遇到足以激發滿腔熱血的奇異現象，又或是被捲入令人一夜白髮的重大案件。要不然，至少也讓我遇到常在古代故事中出現的山賊，又或是前往聖地朝聖兼尋親的女人，與對方一路相伴，聽她傾訴悲慘的身世，撫慰她傷痕累累的心。然而實際踏上旅途後，才發現這樣的浪漫只存在於想像之中，沿途盡是些掃興的事。偶然遇見一個眼神凶惡之徒，結果對方只是外出散步的肺癆病患；遇到朝聖的女人，卻是個年過六十的老婆婆。有一次我來到一個有如廣重[3]畫中的松樹街道，便走進路邊的破舊茶樓，想體驗一下《東海道五十三次[4]》的氛圍。然而，架上滿是灰塵的牛奶糖卻將我一把拉回了現實，最終只能敗興而歸。不過，我總是刻意投宿環境髒亂的旅館，在又小又臭的房間裡待上一晚，品嚐旅人的孤寂，光是這樣就能讓我感受到這趟旅行的意義。

這裡就不提那些路上遇到的無聊事了。旅程第三天，我來到了美濃國[5]，本打算造訪鼎鼎大名的古戰場S原[6]，但因為不小心迷了路，走進了一個人煙稀少的深山。迷路也是一種緣分，走入這座深山時，我覺得自己似乎一腳踏進了心所嚮往的夢幻世界。會不會是狐妖或貍怪在作怪，才把我引到這裡呢？一想到這，我那顆熱愛冒險的心就蠢蠢欲動，整個人雀躍不已。我決定

譯註1　西元一九〇八年。

譯註2　日本平安時代末期到鎌倉時代初期的勇猛武士，侍奉於平家。

譯註3　歌川廣重，日本浮世繪畫家。

譯註4　歌川廣重知名畫作之一，描繪日本舊時從江戶（現東京）到京都途中所經過的五十三個驛站。

譯註5　日本舊時地名，相當於現在的岐阜縣南部。

譯註6　這裡指的應該是「關原」，當地曾發生留名青史的關原之役。

繼續前進，走得愈遠愈好，甚至做好了今晚要在樹下或岩石下野宿的心理準備。

我沿著荒無人烟的小路前進。天氣在午後轉陰，傍晚便下起雪來。突如其來的降雪讓我有些慌了手腳，希望找個地方落腳，就算只是間水車小屋也好。我忍著飢餓與疲累，在黑暗中爬上一座高聳的山頂眺望，尋找附近是否有人家。看到遠方有一座燈火斑斕的村莊後，我立刻重振精神，下山往村莊的方向前進。此時積雪已深，路上空無一人，再加上遠方傳來的水流聲，這一切的一切，讓我覺得自己似乎來到了一個世外之地。我帶了很多禦寒的衣物，本來只打算找間屋子、在屋簷下避寒，但當時寒風刺骨，在屋外睡一整晚實在太過煎熬，於是便念頭一轉，決定向村人借宿一晚。

好不容易走到村子的入口處，在一片夜色中，我看見前方有一間小小的寺院。我像看到救命稻草一般，走入這間沒有大門的寺院。就在這時，周遭隱約傳來人聲，豎耳聆聽才發現，是一個女人在唱搖籃曲。

寶寶睡，乖乖睡，寶寶的乳母哪去了？爬過那座山，去到鎮上了，去到鎮上買什麼了，買了手搖鼓，還有笙……

我愣愣地站在原地，沉醉在那婉轉動人的歌聲之中。她反覆唱了三遍，直到最後一段歌聲隨風消逝，我才猛然回過神來，環視四周卻不見半個人影，只在左方隱約看到疑似墓碑的東西。看到這樣的景象，即便我再熱愛冒險，此時也已是寒毛直豎。我逃也似的衝向住持住處，咚咚咚地敲響了門。

裡面很快就有了回應，不一會兒，一位年約五十歲的師父開了門，門內的提燈照亮了我的身影，看來他就是這間寺院的住持。見師父一臉訝異地看著我，我趕緊向他簡單說明狀況，希望他能讓我借宿一晚。師父聞言立刻換上一張笑臉說：「那真是辛苦施主了，請進。」

他親切地引我進門，「這邊請，你來得正好，客廳的火盆燒得正旺呢。」他拿起提燈，領著我來到後方的客廳。那是一個約三坪大的空間，火盆裡正燒著熊熊炭火，將整間客廳烘得暖呼呼的。角落放著一張桌子和書架，桌上有一本看到一半的線裝書。師父將提燈放在桌上，從壁櫥中拿出坐墊給我。

「我很想請你吃頓飽飯，但現在時間晚了，煮飯的婆婆已經回村裡去了。我這裡還有人家給我的蜂蜜蛋糕，你就湊合湊合著吃吧。雖然沒有熱呼呼的飯菜，但這裡有熱茶。」

說完，師父拿起不斷噴出熱氣的鐵壺，將滾燙的熱水倒入陶壺之中，然後打開放在桌子旁邊蜂蜜蛋糕盒，請我吃蛋糕。而我也沒有推辭，直接接受了他的好意。

吃完蛋糕後，我們天南地北聊了起來。師父說話相當風趣，興致勃勃地聽我說了許多學校生活以及和京都有關的話題。沒想到他過著如此深居簡出的生活，竟然還能夠如此健談，這樣的人實在少見。

聊著聊著，身體漸漸暖和了起來。這時，我突然想起剛才在寺內聽到的搖籃曲。

「您家中有嬰兒是嗎？」我冒昧地問道。

和尚一臉疑惑，似乎不明白我的意思，過了一會才露出淡淡的笑容。

「沒有，整間禪寺只有我一個人，怎麼了嗎？」

聽到這裡，我全身瞬間起滿了雞皮疙瘩。

「可是……我剛才進到寺內時，聽到有人在附近唱搖籃曲。」

和尚聞言，頓時臉色大變。

「你說的是真的嗎？」他彎腰前傾問道。

「是真的，我連歌詞都聽得很清楚，而且詭異的是，我竟把整首歌都背起來了，寶寶睡，乖乖睡……」

「夠了，我明白了。」和尚強硬地打斷了我，「天色已晚，我想你大概沒看清楚，其實寺院的左方是片墓園，搖籃曲是從墓地下方傳來的。」

「您說什麼？」這次換我嚇彎了腰。

「也難怪你會嚇一跳，現在這個世道，已沒人相信鬼怪之說，但世上真的有無法解釋的異象。大約三年前，有個瘋女人和她襁褓中的嬰兒、愛犬一同葬進了這座寺院的墓園，之後他們的墓就不定時傳出搖籃曲的歌聲。我想，應該是瘋女人的鬼魂還和生前一樣，在這附近徘徊遊蕩。」

聽到這裡，我彷彿被人澆了一桶冷水一般僵在原地。我不經意地看向掛在前方凹間的達摩圖，不知道是不是錯覺，似乎看到達摩眨了一下那雙渾圓的大眼。然而，這份恐懼只是暫時的，隨之而來的是一股強烈的好奇心。

「不好意思，可以請您告訴我那個瘋女人的故事嗎？」

我滿心期待地看向師父。

「也是，像你這種年輕人，應該對這種事情很好奇吧，且聽我娓娓道來。」

說完，師父將凹間前的炭簍拉過來，給火盆加了幾塊炭。外頭的大風將遮雪板吹得格格作響，聽起來格外孤寂。

「這件事該從哪裡說起呢……對了，就從瘋女人的身世說起吧。

瘋女人名叫小蝶，她並非生來就瘋癲，而是因為父親去世後命運多舛，才成了那副模樣，而且才二十歲就去世了。小蝶是難得一見的美人胚子，然而，她的身上卻流著令人駭然的毒血。簡單來說，小蝶有痲瘋病的家族血統，都說痲瘋病家出美女，她的美貌或許就與這個有關。小蝶一直到快滿十九歲前都和父親住在一起，她的父親因為痲瘋病而長期臥床，村民都不敢靠近他們家。聽說她的父親出自九州一個武士家族，家中相當富有，大約在十年前得了這種惡疾，為了避人耳目才來到這座深山村落，在村子的偏遠處蓋了一間房子，父女倆過著不愁吃穿的生活。然而搬來兩年後，他的腿腳便不能活動了，接下來的四年，生活起居全倚賴小蝶照顧。因為村民都不願與他們來往，可以想見，父女倆一定活得非常孤獨。我不怕痲瘋病，本來偶爾還會去探望他們，但村民對此相當不悅，為顧及村民的感受，我也只能作罷，畢竟我們寺院是仰賴村民的布施維生。幸好小蝶家養了一隻名叫『小白』的大狗，那隻狗非常聰明，一直陪伴在小蝶身邊。

然而，雖然有小蝶無微不至的照顧，她的父親還是在四年前撒手人寰，小蝶也因此痛不欲生。大概從那時開始，她的精神就有些不正常，症狀非常輕微，去探望她時也看不出什麼異狀。她會瘋掉也實在無可厚非，因為父親死後，村民依然不敢靠近她。我曾委婉地勸她遠走他鄉，離開這個傷心地，但她堅決要留在這裡，說什麼都不肯走。由此可見，她當時應該已經出現瘋癲的跡象。總之，小蝶在那之後就與小白相依為命，過著孤孤單單的日子。

若只是孤單倒也罷了，大概在父親過世兩個月後，一個大劫難降臨在小蝶身上。當時有五個不知打哪來的惡霸，來到了這個村子東北方的山上，在那兒建了間茅草屋住了下來，我想你來時應該有經過那座山。有傳聞說惡霸原本住在飛驒國[7]的深山之中，用古時的話來說就是山賊。一開始，他們總是在深夜來到村裡偷菜、偷雞，淨幹些見不得人的事。後來更是直接在白天橫行霸道，亂砍樹木、欺負小孩，雖然偶爾也有人反抗，但村民都因為害怕遭到報復，選擇對他們睜一隻眼閉一隻眼。或許你感到不解，為何有人能在這明治盛世如此胡作非為，但警察對這種人也是一籌莫展，要解決就只能以暴制暴，而且得比他們更加兇殘。

說來實在令人同情，很快的，這五個無賴便注意到了小蝶。唉，光是用想的就令人害怕，小蝶對這些凶神惡煞而言就有如甕中鱉。他們闖入小蝶家，輪番對小蝶施暴，後來更直接占據了小蝶家的屋子，把小蝶當作自己的小妾使喚。村民對此百般同情，卻也是束手無策。可想而知，那段日子小蝶和小白一定過得生不如死。小蝶雖然身子弱不禁風，還是渴望著有朝一日能對他們復仇；而小白雖然只是隻畜生，卻是冰雪聰明，牠肯定能通曉小蝶的想法。也因為這個原因，他們倆之後才能一舉報仇雪恨。

造化弄人，小蝶懷孕了，懷了那群惡霸的孩子。身懷六甲後，小蝶精神更加

譯註7　日本舊時地名，相當於現在的岐阜縣北部。

異常。後來一位醫生告訴我，女人懷孕時偶爾會出現異食癖，吃一些平常不吃的東西。小蝶的異食癖又超乎常人，她吃泥土、灰燼、毛蟲，偶爾還會抓蛇直接剖開來吃。五個惡霸在吃飯時，她會對他們丟毛蟲，又或是將蛇血淋在飯菜上，這些人即便有如豺狼虎豹，也被這樣的舉動嚇得目瞪口呆。最後他們逃出小蝶家，回到了原本住的茅草屋，唯獨小白還是忠心耿耿地陪在主人身邊。

然而，此時的小蝶已是一貧如洗，連下一餐在哪裡都不知道。還好有聰明的小白，牠每天都到村裡的小酒館要肉片，叼回去給小蝶吃。村民因為同情小蝶的處境，經常給小白準備蔬菜和米，而小白也乖乖地叼回去給小蝶。

沒想到那五個惡霸簡直不是人，他們知道這件事後，竟開始搶奪小白叼著的食物。小白也不是沒有反抗過，但因為怕被亂棍打，後來只要看到那五個人，牠就會放下嘴中的食物逃之夭夭。世上有些狗比人聰明，小白雖然表面上不做抵抗，但心裡一定很是不甘。順帶一提，小白和其他狗不同，幾乎不會吠叫，這大概也是牠不喜歡抵抗的表現吧。那些不喜歡抵抗的人類通常都很多話，就這點而言，狗比人類要來得好一些。

回到正題，很快的，小蝶便生下了孩子。那是個可愛的男嬰，這雖然是件喜事，村民卻為那孩子感到悲傷，他的父親是惡霸，母親又是有痲瘋病血統的瘋女人，這是多麼悲慘的命運啊。只能說命運的殘酷永無止盡，小蝶的精神問題在產後變得更嚴重了。

孩子出生後兩、三天，小蝶就披頭散髮，光腳抱著孩子走遍山野。她總是盯著天邊，四處遊蕩，一雙大眼就有如黑水晶一般美麗，沿途唱著你剛才聽到的那首搖籃曲。

『爬過那座山，去到鎮上了……』

她通透的歌聲傳遍了整座山，村民聽到了都忍不住掉淚。小白偶爾會跟著她，但為了張羅兩人的食物，大部分的時間都在東奔西走。那時的小蝶已經認不得人了，甚至連我都認不出來，見到我來也只是笑一笑。不過，在本能的驅使下，她還是有好好餵孩子喝奶。她是三月底生產的，山裡雖然寒冷，但蒲公英已然開花，她經常摘蒲公英來逗孩子玩。

隨著精神愈來愈不穩定，小蝶對那五個惡霸的恨意也愈發露骨。她的個性較為內向，之前都把怨恨藏在心底。瘋癲讓她變得無法控制自己，報復的念頭鋪天蓋地席捲而來。老實說，她那時大概已經認不得那五個人了，但復仇之念早已深深烙印在她的靈魂上。她的恨意極深，只要她還活著，噢不，就算肉體消逝，復仇之念也不會輕易消失。

每次村民經過小蝶家，都能看見她直盯盯地望著小白說：『小白，你一定要幫我報仇雪恨！』那樣子彷彿在催眠小白似的。而小白也一副了然於心的模樣，總是吐著舌頭，曲肘前伸，然後搖著尾巴，彷彿人類的奴僕在對主人頷首說『遵命』似的。我不確定小白是否知道主人發瘋了，唯一能確定的是，牠的聰明才智真的高於一般的狗，偶爾小蝶獨自外出家中只有小白和孩子時，只要孩子一哭，牠就會飛奔到孩子身旁搖搖他，模仿主人哄他開心。我甚至懷疑，他其實明白主人為何會發瘋至此，畢竟牠後來一舉幫小蝶報了大仇。小白之前也吃過那五人的虧，可能自己也想報復。狗不會說話，我們無法得知牠真正的想法，但無論如何，小白最後都做到了，牠成功讓那五個惡霸付出了代價。

我經常在古書中讀到靈犬的故事，有的狗隨主人殉死、代替主人而亡，又或是解救主人於水深火熱之中。小白就屬於靈犬之流，每次見到牠，都讓我聯想到古代聖賢。有句話叫大智若愚，小白看上去就呆呆傻傻的。古時候不是有一位希臘哲學家住在木桶裡嗎？對對，就叫戴奧真尼斯（Diogenes），我看到小白就會想到他。小白看上去在發呆睡覺，但其實都在思考，絞盡腦汁想出對付那五個惡霸的方法。

到了四月初，惡霸們經常在山上到處砍樹。他們總是大聲喧嘩、引吭高歌。你知道的，惡棍總是心情特別好，他們的歌聲也總是令人心驚膽跳。每當他們上山砍樹，村民就會刻意繞道而行。事發當天也是一樣，幾乎沒有人敢走那條山麓上的大路。

因那條山路較為平緩，腳踏車也可以輕而易舉地通過。那天，一個在馬肉店工作的中年小哥騎腳踏車經過了那條路，那間店位於離村子約二里遠的鎮上，他經常得送馬肉到村裡的酒館，一般是將馬肉放在後座的置物籃中運送。他很清楚五個惡霸有多難纏，但因為腳踏車無法走小路，惡霸的腿腳再怎麼快也跑不過腳踏車，所以才冒險走這條路。

當時太陽已開始下山，惡霸看到小哥從遠方騎來，便看準時機跳到路上，舉起雙手擋住他的去路。小哥大吃一驚，惡霸本以為他會被逼得跳車，沒想到他身手矯健，一個轉向便掉頭逃走。

『把馬肉交出來！』

『把肉留下！』

五個惡霸邊追邊叫囂，但他們哪跑得過腳踏車，最後只能看著彼此苦笑，眼巴巴地坐在路邊，看著小哥的背影逐漸消失在暮靄之中。

惡霸們邊聊邊起身，就在這時，一個白白的東西從小哥離開的方向逐漸靠近，定睛一看，竟是口中叼著一大塊肉的小白。惡霸們見狀，心想一定是剛才的小哥騎得太急，沿途掉了一塊馬肉，這才被小白撿到。他們上前準備抓住小白，但小白一如往常沒有抵抗，毫不猶豫便放下肉塊，往自己家的方向前進。

這意料之外的收穫讓五人欣喜若狂，迫不及待地將肉塊帶回茅草屋，打算煮肉配酒，大啖朵頤一番。當然，這一切並非我親眼所見，而是將各方消息彙整過後拼湊出的猜測。之後他們在茅草屋中飲酒作樂，昏暗的燈火照亮了他們猙獰又醜陋的臉龐，看上去就有如幾隻地獄魔鬼在放歌縱酒。

隔天，一名樵夫見到了這座村子落成以來最駭人的景象——五個惡霸陳屍在他們位於山腰的茅草屋中，爐上放著一個鍋子，地上杯盤狼藉。」

說到這裡，師父歇了口氣，拿起杯子啜飲一口茶。屋外的風雪聲愈來愈大，我的呼吸有些紊亂，迫不及待地問道：「他們是怎麼死的？」

「因為屋裡實在太過凌亂，樵夫第一眼看到時，還以為五人是在酒後起了衝突、互相鬥毆致死。仔細觀察發現，地上並沒有血跡，草蓆上到處都是嘔吐物，應該是食物出了問題。後來請醫生來驗屍，才得知五人死於食物中毒。」

「他們是吃了小白叼來的馬肉才中毒的？」

「沒錯。不過，小白叼來的並不是馬肉。馬肉店的小哥說，他逃走後，便看到小白叼著一個東西從反方向走來。就當時的情況而言，惡霸們理所當然會以為小白叼的是馬肉，所以便帶回家切成小塊煮來吃。但其實，他們吃的不是馬肉，而是一個完全出乎意料之外的東西。」

「是什麼東西？」

「醫生驗了盤子上的肉片，發現是產後的污物，也就是胎盤。」

「胎盤？」我不禁懷疑自己的耳朵。

「是的。」

這個令人毛骨悚然的答案嚇得我兩眼發直，半晌說不出話來。

「那是小蝶產子留下的胎盤嗎？」我忍不住反胃作嘔。

「不知道，畢竟小白不會說話，小蝶又神智不清。醫生檢驗過後說，那個胎盤還算新鮮，但已經開始腐壞，五個人吃下肚後肯定是痛不欲生，掙扎了一陣才喪命。當時村裡沒有其他產婦，推測應該是小蝶的胎盤。」

聽到這裡我備感欣慰，一想到那五個壞蛋死得非常痛苦的模樣，心中就感慨萬千。

師父繼續說：「聽到這件事後，村民開始謠傳這是瘋女人和小白對五個惡霸的復仇。小白是真的在復仇嗎？還是說一切只是偶然呢？這件事我們不得而知。唯一知道的是，五個惡霸死後，小蝶就沒再叫小白幫她報仇雪恨了。她還是像往常一樣，抱著孩子走遍山野，唱著那首搖籃曲。那一年自從五個惡霸來了之後，村裡就一直不得安寧，所以村民非常感謝他們幫忙除了這五個大患，之後就經常讓小白送食物給小蝶吃。

只能說這一家子命運多舛。惡霸們死了不到一個月後的一天晚上，小蝶家發生了火災，小蝶和孩子、小白都葬身火場，無一倖免。村民為他們流下了眼淚，將三具屍體葬在這座寺院的墓園中，直到現在，偶爾還會聽到墓園傳來小蝶唱搖籃曲的歌聲……。」

聽完這個悲傷的故事，那晚我徹夜未眠，腦中盡是小蝶悲慘的身世。能聽到這個故事，這趟旅行也就值得了。

死亡之吻

就在靜也為心中愛意所苦時，霍亂突然席捲了大東京地區。說來也真不可思議，這場疫情讓原本膽小如鼠的靜也勇氣大增，因而下定決心向敏子表白。

一

那年夏天特別炎熱，有人說這是六十年來最熱的夏天，有人說這是六百年來最熱的夏天，但沒人說這是六萬年來最熱的夏天。根據中央氣象台的報導，某天最高氣溫竟高達華氏一百二十度[1]，還好不是攝氏。一位專門研究信天翁生殖器的窮教授曾語帶諷刺地說：「雖然中央氣象台的天氣預報不可信，但至少我們可以相信溫度計上的度數。」

東京市民幾乎都敗給了這波熱浪，其中也包括那些留著波浪捲髮的女人，每天有超過三十人中暑而亡。一天減少四十個人口——雖然這對大日本帝國而言不足為奇，但已足以讓人人自危。而且那陣子天空滴水未降，自來水日漸乾涸。日本人做事只考慮當下，當初在設計自來水時，並沒有將這種異常酷熱的夏季列入考量，會造成這樣的結果一點也不意外。於是乎，水成了稀世珍寶，當然這並不只是因為某大報誇大宣傳了生水的好處；冰價也直線飆升，N製冰公司的老闆甚至因為欣喜若狂而引發腦溢血，當場一命嗚呼。但光是一個製冰公司老闆的死去，並不足以讓氣溫下降。

人在遇到不尋常的現象時，習慣將之歸咎於凶事的前兆，一位這輩子只讀過《論語》的某企業家，一邊接受生殖腺激素的注射，一邊向媒體記者發表毫無意義的看法：「這是上天為了喚醒日本人的漫長夜夢而發出的警告。」自己卻每天開車到情婦家，貪婪地尋求短暫夜夢。如果由井正雪[2]還活著，說不定會開著海軍戰機飛到品川海上，唱《八木節[3]》來祈雨。但現代人只想輕鬆賺錢，想方設法只為避免為他人付出，自然無人願意挺身祈雨。也因為這個原因，大地依舊乾旱，人們的血液一天比一天黏稠，鬥毆與凶殺案也隨之大增。一位法醫學家發

譯註1 近攝氏四十九度。
譯註2 日本江戶時代的兵學家。
譯註3 日本傳統民謠。

現，要消滅犯罪的首要之務就是稀釋人類的血液，而那陣子所有人都處於極度心浮氣躁的狀態。

就在這時，上海突然爆發了帶有猛烈毒性的霍亂。疫情的消息和郭松齡[4]的死訊受到截然不同的對待，內務省高層對此相當重視，命各地嚴格執行船舶檢疫。隨著醫學進步，細菌也不斷進化，如今的霍亂病菌非常狡詐，輕易就逃過了檢疫官的法眼，在長崎登陸上岸，不一會工夫就在歷史悠久的長崎市內散播開來。一旦進入長崎，要在日本全國傳開就是易如反掌。曾經不把中國人的死當回事的日本人，竟也膽顫心驚了起來。人類對病菌如臨大敵，病菌對人類可無所畏懼。各府縣官員的防疫心態很是奇特：「拜託霍亂不要來我們的管轄地，盡量去其他縣市沒關係。」之後病菌直接從上海傳入橫濱和神戶，一位防疫人員在妻子快生產時接到出差令，還沒來得及見到孩子出生就匆匆出了門。

然而，防疫官的努力全化作了烏有，霍亂還是進入了大東京地區。第一個確診的是到京橋送木柴和木炭的船工太太，但造成這次流行的元凶卻是一位名叫T的電影解說人。T在淺草六區的K電影館工作，在解說哈羅德．勞埃德（Harold Lloyd）演的一部以防疫為題的黑白喜劇時突然嘔吐，等確定是霍亂時，觀眾早已四散到東京各地。得知消息後，當局人員臉色一陣青一陣白，但一切都為時已晚。

疫情以破竹之勢傳遍東京，因為這波病菌毒性極強，只打一、兩劑疫苗根本起不了作用，導致整個社會惶恐不安，人人提心吊膽。任何員工超過五十人的工廠，有人確診就必須即刻停工。暑熱依舊不減，很多人只能硬著頭皮飲用不乾淨的水[5]，然後接連倒地死亡。說來諷刺，很多醫生都在這波疫情中染病，那些平常被索取高額醫藥費的肺癆患者，看到醫生患病無不喜上眉梢，甚至忘了自身的病痛。逃不過死亡命運的人，得知別人的死訊，都是非常痛快的。

譯註4 清末民初中國奉系軍事將領，後被張作霖槍斃。

譯註5 原文寫的是「冰」，應該是「水」的誤植。

所有醫院都成了防疫醫院，被霍亂病患擠得水泄不通。火葬場忙得不可開交，墓地不足為用，街上到處都在辦喪事。雖然沒有半個站在日本橋邊數渡橋棺木的雅士，卻有無數因為失業而數錢包餘額的勞工。

恐懼席捲了大東京地區的每個角落，有人為此失去了活下去的力氣，因而走上絕路；也有人被逼到失去理智，親手殺死了妻子。即便是心靈較為健全之人，也因為各種幻象而不堪其擾，他們甚至在大白天也會產生幻覺，看到有人在布滿白灰的行道樹下吊頸而亡，更別提晚上了。每當上野和淺草的寺院鐘聲無力地響徹街頭巷尾，夜幕低垂，就連橫越在夜空上的銀河都讓人們備感畏懼，一閃而過的流星令他們背脊發涼，以為劃過肌膚的徐徐暖風是死神的鼻息。

但現代人終究是現代人，照理來說，在這個用「猖獗」一詞形容疫病的時代，應該是「家家戶戶門窗緊閉，大街小巷空無一人」，然而現實卻正好相反。所有人都冒著染疫的風險外出，街上人頭攢動。其中一個原因是因為晚上溫度稍降，人們不想待在悶熱的家裡，但主要原因還是現代人那近乎絕望的宿命論。現代人有個特色，那就是憎恨恐懼，卻又忍不住親近恐懼，所以才會傾巢而出。眾人雖然敢出門，內心卻遠比包覆著他們的夜色還要黑暗。平常被他們視為利器的自然科學並沒有照亮他們的心，反正誰也不知道明天會發生什麼事，大不了借酒消愁，得過且過。也因為這個原因，酒吧和餐廳總是高朋滿座。這些人引吭高歌，他們的歌聲令路上行人心灰意冷。以前倫敦遭到鼠疫肆虐時，也曾有喪葬工人和藥劑師群聚棺材店唱歌慶祝生意興隆，那歌聲與這些人的歌聲如出一轍，餘音迴盪不絕。

這份席捲眾人的不安增進了各種煩惱，疫病的恐懼並沒有減輕債務的重擔，也沒有消除個人的公憤與私仇，人們的憤恨反而因為疫病而日益深化。本來就因為暑熱而與日俱增的犯罪，在霍亂爆發後更是節節上升。

二

本篇的主角名叫雉本靜也。他失戀後本想自我了斷，之所以突然改變主意，甚至走上殺人歧途，正是因為這股社會氛圍所致。

靜也是現代特有的廢柴，他從東京M大學的政治系畢業後，就蟄居在一家廉價旅館中，整日無所事事，靠家裡寄錢過活。美國很多廢柴整天塗指甲油打發時間，靜也每天則花大半時間在整理頭髮和搭配衣服上。即便找到正經工作，第三天就會因為天靈蓋劇痛而無法上班，每份工作都做不到一個禮拜。也因為這個原因，他很佩服自己的天靈蓋怎麼那麼精明。靜也做事總是三分鐘熱度，有陣子沉溺於烈酒與香菸之中，有陣子則迷上拍攝活動照片，也曾癡迷於打麻將、填字遊戲。他也曾經埋頭寫作，打算寫出一部轟動社會的偵探小說，但最後都半途而廢。他對於自己這種動不動就厭煩的個性很不以為然，認為這是自己生性膽小所導致。

現代廢柴可分成兩種，第一種是無所畏懼，對事物有如青蠅湧向屍體似的充滿執著；第二種是無所不懼，做事有如不夠黏的郵票一般容易動搖。很明顯的，靜也屬於第二種。他就連和酒吧或是咖啡廳的女店員說話都會害臊，所以至今從未談過戀愛。戀愛對他而言是一種冒險，他的內心並非不想闖蕩一番，卻總是因為膽怯而打退堂鼓，再加上身形乾瘦，本就不適合冒險犯難。

然而，命運還是給了他戀愛的機會。那是他有生以來第一次墜入愛河，諷刺的是，對方是他朋友的妻子。這對他而言是厄運，對他朋友而言更是場災難。朋友何其無辜，甚至因為這樣而死於非命。自古至今，因為妻子的美貌而導致丈夫慘遭毒手的例子可謂層出不窮，但像靜也的朋友——佐佐木京助這樣死得不明不白的例子並不多見。

京助的妻子名叫敏子，是個不折不扣的新時代女性。新時代女性有個特色，那就是理性大於感性，個性比較像男生。敏子長得非常漂亮，態度俐落大方，而靜也的個性比較具有女性特質，自然容易受到這種女生的吸引。每次去拜訪京助，他都被敏子迷得神魂顛倒。

京助是靜也的同學，今年春天和敏子結婚，夫妻倆住在郊外的一棟帶著西洋風格的宅院中。他是個毫無特色的平凡人，不僅胖得十分平凡，還留著平凡的八字鬍。但新時代女性好像就喜歡平凡人，說老實話，若不像京助這般平凡，又怎麼能伺候得了新時代女性呢？舉兩個例子好了，有個天才音樂家娶了新時代女性，他在帝國劇場指揮一場管弦演奏會時突然倒地，趕來的醫生在他的口袋裡找到一個寫著「每次服用一顆」的藥瓶，這才確定他昏倒的原因。另外有個涉嫌貪污八百萬的議員，在遭到警方盤查後，於眾議院的台上說了一個難笑的笑話：「我又不是八百賺士！」然後當晚就得了流行性感冒。

沒人知道京助是否已做好心理準備，但從夫妻倆如膠似漆的相處方式來看，他的體力和財力應該雙雙滿足了敏子。敏子天生風情萬種，總是柔情似水地對待丈夫的友人，這讓靜也不自覺地對她起了愛慕之心。靜也不知該如何面對這份感情，如果他能夠勇敢一點，或許就能毫無顧忌地向敏子表白。但生性膽小的人做事都是先設想後果，進而猶豫不決，靜也因為害怕自食惡果，所以一直不敢將愛意說出口，只能在心中窮著急。

不斷膨脹的愛意終有裂開之時。靜也經常思考要如何揭開這份愛意，卻想不到好方法。曾想過寫信表白，但他擔心自己字醜、文筆還很差，又怕這封信如果不小心流傳下去，自己會淪為後世的笑柄。阿倍仲麻呂[6]這輩子只寫了一首和歌[7]，就被患有疝氣的藤原定家[8]擅自收錄在和歌集中，後人將之製成歌牌，導致那些面黃肌瘦的女學生對此歌朗朗上口，成為萬世之恥。還有一國宰相因為書信而被取了「珍品」這個綽號，因而引發腎臟炎。一想到這裡，靜也就嚇得不敢下筆。

譯註6 日本奈良時代的遣唐使之一，是當時的政治家和詩人。

譯註7 日本傳統詩歌。

譯註8 日本鎌倉時期的歌人。

就在靜也為心中愛意所苦時，霍亂突然席捲了大東京地區。說來也真不可思議，這場疫情讓原本膽小如鼠的靜也勇氣大增，因而下定決心向敏子表白。沒有任何科學證據能夠證明戀愛與霍亂的關係，若真要研究，靜也絕對是最佳研究對象。

某天，大東京地區的空氣中依舊飄蕩著恐懼的氣息，靜也趁著京助去上班時，去找了獨守空閨的敏子。他像個不擅演說的人，在眾人的拍手聲中硬著頭皮上台，呆呆地向敏子陳述了自己的愛意。他告訴敏子，這是自己有生以來第一次嚐到到愛情的苦味，若再不說出口肯定會崩潰，所以才鼓起勇氣向她表白。那天也是個火傘高張的日子，再加上難為情，靜也流了滿身大汗。因為流失太多水份，表白到最後他已是口乾聲嗄。那惴惴不安的聲音，活像個剛離開人世、來到佛祖面前念經的老太婆。

敏子的態度有如聽臣下哀求的女王。靜也說完後，用手帕擦了擦後頸，沒想到敏子竟用手中的扇子對他扇了一下，高聲訕笑道：

「呵呵呵呵呵！你在說什麼鬼話啊？真是愚不可及！呵呵呵呵呵！」

三

當下的雉本靜也，就像個從三千尺高空墜落卻沒有降落傘的飛行員，當晚他回到旅館後便決定自殺。曾有犯罪學家指出，炎熱的天氣是導致人們自殺的原因之一，但靜也尋死並非因為暑熱，而是因為失戀。不過，他之所以決意自殺，其實和這波霍亂疫情脫不了關係。當內心比較脆弱的人處在不斷有人死去的環境下，只要碰到一點悲慘遭遇，很容易就會自尋死路。

雖然靜也已下定決心，卻很猶豫該用什麼方式自殺。一想到別人可能會在死後議論自己，他就覺得抬不起頭來，可以的話，他希望能用看不出來是自殺的方式尋死。他想到以前住在某間位於藥局二樓的旅館時，曾向藥局拿了些亞砷酸。當時他聽說亞砷酸有美容的功效，把這事跟藥局一說，對方就給了他一些。他吃了一陣子就沒吃了，但也沒丟掉，而是把粉末裝在瓶子裡，收在抽屜深處。愈危險的毒藥愈讓人感到棄之可惜，所以才會發生各種悲劇。當初靜也留下亞砷酸並沒有別的意思，沒想到如今竟能派上用場。

靜也從抽屜中拿出裝著亞砷酸的小瓶子，端詳一番後突然僵直了半晌，他心想，這些白色粉末真的能致人於死地嗎？服用亞砷酸是怎麼個死法？他可不想死得太痛苦，也不願讓人發現他是自殺，於是他決定去圖書館一趟，查詢亞砷酸的作用。

雖然霍亂肆虐，上野的圖書館卻是出乎意料地熱鬧。自古以來有個成規，每當死神橫行，就會引發大眾的讀書慾望。靜也想找毒物相關書籍，但令他驚訝的是，所有日文醫書都被借光了，靜也心想：「看來大家都很珍惜生命。」他不禁露出苦笑，因為自己是為了結束生命才來借醫書的。無計可施之下，他只能借英文的藥理學專書，用破英文找到亞砷酸的項目，吃力地讀了起來。

令人意外的是，服用亞砷酸和罹患霍亂的症狀如出一轍。讀到這裡，他高興得有如這是什麼世紀大發現。如今霍亂大流行，若在此時用亞砷酸自殺，別人肯定會誤以為他是染病死亡。不是有句話說「上天之所以將醫生遺留世間，就是為了讓他們誤診」嗎？亞砷酸肯定能夠成功魚目混珠。一想到這裡，靜也就躍躍欲試，想要藉此愚弄醫學一番。

然而，讀到亞砷酸會引發劇烈腹絞痛時，靜也不禁黯然神傷。書上寫到，霍亂與亞砷酸中毒的最大差別就是有無腹絞痛。他本想著既然如此，乾脆直接得霍亂自殺，但又嫌棄這種死法太過平凡。想到最後，他已厭倦去煩惱腹痛這件事，甚至一想到自殺就煩。

之後靜也離開圖書館，走到一座公園。塵土已積了兩、三寸，天氣熱到難以呼吸的地步。他在樹蔭下找了張長椅坐下，思考之後該何去何從，就在這時，一個有趣的念頭閃過他的腦海。

「殺人比自殺要輕鬆多了。」

這個想法讓他獲得了極大的快感，進而厭倦了尋死，甚至懷疑自己當初怎麼會傻到想要自殺。他突然很想殺個人試試看，只要用亞砷酸進行毒殺，醫生就會以為對方是罹患霍亂死亡，絕對不會產生他殺的疑心。與其赴死來愚弄醫學，活著愚弄醫學應該更加令人愉悅。想到這裡，靜也就開心到想要原地轉圈圈。

回到旅館後，靜也開始考慮殺害的對象。他第一個想到的，是旅館老闆娘那張肥胖的臉。靜也因身材乾瘦，看胖子特別不順眼，所以才想拿老闆娘開刀。然而沒一會兒他又覺得，殺死那種貨色根本微不足道。

想著想著，靜也突然冒出一個念頭，何不殺死佐佐木京助呢？他看京助那肥胖的身材不爽很久了，京助的長相也是他最希望從世間消失的類型，拿京助開刀可說是再適合不過了。不僅如此，殺死京助也等同於對敏子洩憤，要「報答」她那口無遮攔的態度，這無疑是最好的回禮。

下定決心後，靜也變得非常珍惜自己的生命。曾聽人說，殺人凶手比一般人對活著這件事更為執著，靜也終於能理解這句話的真意。他光是計畫殺人就覺得生命難能可貴，很難想像殺人之後生命會變得多麼彌足珍貴。殺人後良心受到苛責，其實也是一種對生命的執著。

然而，殺人沒有自殺那麼容易，靜也懊惱了一番後發現，只要利用京助的個性，執行起來並不困難。要殺京助這種平凡人，用最平凡的方法即可——首先到京助的公司找他，帶他去西餐廳吃牛排。京助吃肉時習慣撒鹽，若能在鹽罐裡混入亞砷酸，就能成功達到毒殺的目的。只要事先買好和餐廳同款的鹽罐，在入座時找時機偷天換日……輕而易舉就能拿下一個人的性命。

若是非疫情時期，事情很快就會敗露，但在如今這個時節，就絕對不會東窗事發。他很信任醫生的醫術，那些平常殺人成性的醫生，只有在這種時候才有救人的機會。就這一點而言，他覺得自己根本就是醫生的恩人，好不快樂！——靜也想著想著，不禁陶醉在殺人前的愉悅之中。

四

決定痛下殺手的十天後，靜也將混有亞砷酸的鹽罐放在口袋、來到京助的公司，三言兩語就將他約了出來。靜也原本很擔心敏子已將表白的事告訴京助，但從京助一如往常的態度來看，他應該完全不知情。當靜也約他去吃西餐時，他也是一口答應。對事物不抱猜疑是平凡人的一大特色，而實際上，京助也不是那種好猜疑的瘦子，自然對靜也的殺心渾然不知，傻傻地跟著他來到餐廳。

靜也沒有帶京助去常去的西餐廳，因為他不想在熟悉的店家殺人，而京助對此也不疑有他。靜也趁京助去上洗手間時調換了鹽罐，之後兩人在鋪著雪白桌巾的餐桌上吃牛排，京助很自然地拿起鹽罐，在牛排上灑了大量的精鹽，津津有味地吃了起來。吃完兩、三塊後，京助突然皺起眉頭，露出看似腹痛的表情。靜也頓時心頭一驚，但之後什麼都沒發生，兩人就這樣平安無事地吃完牛排，速速結完帳。離開餐桌時，靜也趁京助不注意，悄悄將鹽罐換了回來。走出餐廳沒多久，京助就一臉痛苦地彎下腰。靜也請他先站在路邊休息，自己則跑到街角叫了台計程車，將京助送回家。

與京助道別後，靜也便回到旅館。此時的他精神狀態相當亢奮，而且出乎意料地疲憊。吃牛排時他非常緊張，緊盯著京助的一舉一動，全身肌肉都顫抖不已，心臟撲通撲通地狂跳，就連回到旅館後還是感到心驚肉跳。他全身無力地躺在榻榻米上，一股不安突然湧上了心頭。

這真的騙得過醫生嗎？

在這之前的所有步驟都是由他親自處理，但接下來就只能看別人表現了。如果醫生辜負他的期待、做出了正確的診斷，那可就糟糕了。想到這裡，他就覺得坐立不安，起身在榻榻米上來回踱步。但儘管他再怎麼著急，如今也無計可施。

那晚靜也熱得睡不著，直到黎明才好不容易入睡。之前無論是多麼炎熱的夜晚，他都不曾像這樣徹夜難眠。待他睜開眼睛，烈日已然高掛。吃完早飯後，他立刻衝到京助家查看，結果發現他家門窗緊閉，門口還貼了封條。問了鄰居才知道，京助昨晚霍亂發作去世了，敏子和女管家目前都在隔離中，但沒人知道她們人在哪裡。

聽到這裡靜也鬆了一口氣，知道醫生沒有辜負自己的信任，竟莫名地有些害羞。他突然覺得這個世界比自己想像的友善，對生命也變得更加執著，這喚醒了他心中對敏子的愛意。他對京助沒有半點同情，只覺得京助死了，敏子的銳氣肯定削減了許多，現在的他只想快點見到敏子，好讓她向自己道歉認錯。

然而，如今無人知道敏子的去向。靜也不敢太過積極，只能每天到她家外面觀察狀況。

五天過去了，七天過去了，敏子家依然大門深鎖。望穿秋水卻不見伊人，靜也心中的思念愈發難耐。好不容易挨到第二週，敏子終於回來了，靜也卻不敢在白天拜訪，直到日落西山，才久違地按下門口那顆他再熟悉不過的電鈴，一顆心撲通撲通地狂跳。

五

「雉本先生，你來啦？我就知道你一定會來，等你好久了呢。」

敏子親自幫靜也開門後，喜上眉梢地說。

她的臉上帶著幾分憔悴，卻也因此更添姿色。

靜也原本以為她會哭喪著一張臉，見她如此反應，一時嚇得啞口無言。

「今晚女管家不在，你不用那麼拘謹，請進。」

敏子說完，便半拖著靜也進到燈火通明的客廳中。靜也在藤椅上坐下，用手帕擦了擦汗說：「請節……」

話還沒說完，敏子便打斷了他。

「你是來安慰我的對吧？謝謝你。佐佐木那晚和你去同家餐廳吃了同樣的東西，卻只有他染病，只能說世事難預料。」

見敏子盯著自己瞧，靜也急忙眨了眨眼，彷彿那眼神是刺眼的光芒一般。

「佐佐木那晚回家後就開始上吐下瀉，不到三個小時就走了，簡直就像一場夢。」

「真的……」靜也好不容易開口，「吃完飯的隔天，我因為放心不下曾來府上拜訪，聽到佐佐木去世的消息嚇了我一大跳。本想去慰問妳，卻不知道妳人在哪，所以就每天都來看看情況。妳隔離了長達兩週對吧？」

「是啊，我一直待在醫院打疫苗，你打過疫苗了嗎？」

「沒有，聽說只打一、兩劑沒有效，我嫌麻煩就沒打了。」

聽到靜也這麼說，敏子的雙眸突然閃閃發光。

「只打一、兩劑是沒有效，但聽說只要打了十劑，就算直接吃下霍亂菌也不會發病。我在醫院每天打一劑，連續打了十天。你應該不想像佐佐木一樣喪命吧？」

「佐佐木去世後，我突然就不想死了。」

靜也意味深長地看向敏子。

「你的意思是……你曾經想尋死？」

這句話問得靜也臉紅耳熱，低著頭閉口不語。

「告訴人家嘛！」

靜也深深嘆了口氣。

「上次和妳見完面後，我曾想過要自殺。」

「為什麼？」

「因為失望。」

「為什麼失望？」

「這妳比誰都清楚不是嗎？」

說完，他像小學生仰頭看老師一般，怯生生地望向敏子。兩人的視線對上後，敏子默默低下頭，用手帕摀住嘴巴。

「怎麼了？妳在為佐佐木的死而難過嗎？」

敏子抬起頭，雙眸中閃爍著某種熱情，炯炯有神地看向靜也。

「真令人難為情，」她再度低下頭，低聲說：「其實我之前對你說的，都不是真心話。」

靜也愕然。

「這麼說……妳對我也……？」

「雖然很對不起佐佐木……」

靜也彷彿中暑一般，搖搖晃晃地起身，走到敏子身邊。

「敏子小姐，妳是說真的嗎？」他將手搭在敏子肩上，那豐滿而柔軟的觸感，不斷刺激著全身上下的神經。

「麻煩你去關燈。」敏子羞答答地說。

靜也飄飄欲仙地走向客廳門口，按下開關，燈光應聲熄滅。

黑暗將兩人包覆其中。

緊接而來的……是接吻的聲音。

六

黑暗的環境更適合談情說愛，這是眾所皆知的道理。

窗戶是開著的，流入的熱氣不斷熏蒸著兩人。

接吻過後……靜也已難以自持，敏子卻要他等四個小時。

「四個小時？為什麼要等四個小時？」

對他而言，這四個小時漫長得有如「永遠」。

待四個小時過去，夏夜已然深沉。

這時，靜也突然發出與這個場面完全不搭的怪聲。

「嘔……」

嘔吐聲。

「唔嘔……」

還是嘔吐聲。

「呵！呵！呵！呵！呵！」敏子尖銳的笑聲在黑暗中迴盪，「你下毒殺死了佐佐木對吧？你這個卑鄙小人！別以為我不知道！」

「嘔……」

靜也彷彿腹內被人擰緊似的，不斷嘔吐。

「佐佐木可是打了好幾劑疫苗，我馬上就發現事有蹊蹺，但我沒有讓佐佐木知道，因為我不想擾亂將死之人的心情。幸好醫生誤診，佐佐木自始至終都以為自己是因為預防針無效而死……。」

靜也依然在嘔吐。

「我不想把你交給警方，因為就算這麼做，也不能確保你會獲判死刑。為了早日對你復仇，我一直到昨天都在打疫苗，確保自己吃到活菌也不會發病。剛才我趁著你去關燈時，偷偷吃了從醫院偷出來的試管活菌，然後與你接吻，這樣你明白了嗎？」

靜也不停發出嘔吐和呻吟聲。

「你看起來很痛苦呢，盡量受苦吧。醫生說今年的霍亂毒性特別強，四個小時就會發病。這樣你知道我為什麼要你等『四個小時』了吧？接下來你會受盡折磨而死，要幫你開燈嗎？還是算了，我一點都不想看到你。等你死後我就報警，哪怕法醫解剖，也絕對不會敗露，呵呵呵呵呵！」

緊接而來的，是無止盡的嘔吐和呻吟。

黑暗的環境更適合談生論死，這是眾所皆知的道理。

卑鄙的毒殺

我對你下毒後，爲了重拾男人的尊嚴而抱著炸彈尋死，只是事與願違，成了這副求死不能的模樣。然而你呢？

一個臉色蒼白的男人躺在病房內的床上。他蓋著棉被，頭髮亂得活像柳樹根，下半張臉纏著厚厚的繃帶，只露出嘴巴的洞。

一個和魚乾一樣乾癟的男人站在病床邊，像隻禿鷹似的睜大雙眼，死盯著病患那張怪異的臉。床頭櫃有一盞綠色燈罩的燈，那燈光有如果凍一般，飄蕩在莫名停滯的空氣中，醫院的秋夜也愈發深沉。

「噗……」床邊的男人噗嗤一笑，「只要把門反鎖，我就能隨心所欲地執行計畫了。你已是鷹爪下的麻雀，在劫難逃。我要靜靜欣賞你吃盡苦頭、受盡折磨、最後痛苦死去的模樣。你知道這一刻我等了多久嗎？對那些沒有耐性的人而言，復仇或許是難以負荷的重擔，但我是個有如蛇一般執著的男人，鍥而不捨地等到此刻，就是為了品嚐這份至高無上的喜悅。」

說著說著，男人露出了狠毒的喜色，那是惡魔才有的笑容。

「你那時打算毒死我對吧？」他的聲音有些顫抖，「該說是幸運還是不幸呢？當時我察覺到了不對勁，現在才能活著站在你面前。但我並沒有報警，因為我想要親手對你復仇，如果報警，就不能享受讓你血債血還的快感了。

我暗地檢測了你對我下的毒，發現你用的是番木鱉鹼（Strychnine）。番木鱉鹼！那可是劇毒啊！你是要我像青蛙游水一般在地上扭動掙扎，最後受盡折磨而死。

你實在太惡毒了，問題來了，你知道我為你這種人制定了什麼樣的計畫嗎？首先，我練成了對番木鱉鹼免疫的體質，這樣才能對你復仇，盡情地嘲笑你。我花了整整一個月的時間，每天服用微量的番木鱉鹼，現在的我即便吃下致死量也能安然無恙。」

說到這裡，他凝視了病患一陣，只見對方頂著一張有如面具的臉，紋絲不動。

「之後我為了取你性命，出門打聽你的消息，才聽說你因為一場意外而住進了這間醫院。沒人知道我今晚來看你，現在我身上有兩顆含有致死量的番木鱉鹼藥丸，之後我會與你各吃一顆，畢竟我不是那種只讓你吃自己不吃的卑鄙小人。

但別誤會，我沒有要和你一起死，只是為了讓你看到我吃了卻平安無事，然後盡情觀賞你痛苦死去的模樣，享受勝利的快感。為了今天，我這一個月來與世隔絕，每天都在進行痛苦的實驗。」

他從口袋掏出一個小藥瓶，在病患眼前搖了幾下，裡頭的兩顆白色藥丸瞬間發出如舍利子般的清脆聲響。

「等等我倆一人一顆喔。」

說完，男人將藥瓶放在床頭櫃上。

病患本來只是偶爾轉動眼珠，這時卻突然開口說話，但因為舌頭不能活動自如，所以聲音很小，而且咬字不清。他說：

「哎呀，你別急嘛，只要你開口，我隨時都願意服下那顆毒藥，我甘心也樂意死在你的手上。對你投毒後，你知道我有多後悔、多心痛嗎？比起被你毒害，親手毒死你要令我更難受十倍、百倍。我承受的痛苦比你多太多了，對你投毒後，我立刻就自殺了，但天不從人願，我自殺失敗後被送進這間醫院，如今就連自殺的能力也慘遭剝奪。我已經不想活了，今天在你來之前，我一直在思考有沒有什麼好的死法。看到你的時候，我心中的高興大於驚訝。我以為你已經死了，我就覺得奇怪，為什麼警方到現在還沒找上門來。」

床邊的男人露出鄙夷的神色，眼中盡是懷疑。病患見狀，繼續說：

「你覺得我在嘴硬對吧？我想也是，你一定不相信我想死卻死不了。如果你知道我為什麼會住進醫院，就不會有所猜疑了。什麼？你完全不知道？你也太不用心了吧！好不容易想出一個這麼戲劇化的毒殺計畫，卻沒有好好調查毒殺對象，未免太粗心大意了！還好我的自殺沒有成功，不然那些番木鱉鹼你可就白吃了。

看你復仇之心如此堅決，我也不想潑你冷水，但我還是把事情說清楚吧。你知道我為什麼想自殺嗎？當初我以為你已經中毒身亡，所以才拿著炸彈自爆，打算把自己炸個粉碎。然而，炸彈炸碎了我的左邊臉頰、雙手雙腳，還在胸口炸出一個大洞，我卻奇蹟般地活了下來。只能說，有時候人的生命力實在強得離譜。我當場失去意識，醒來才發現自己被人送到了醫院。我曾向一名醫護人員表明自己想要自殺、拜託他們遂了我的心願，但他殘忍地拒絕了我，硬是救下了我這條爛命。我已經沒有辦法自我了斷了，我沒有雙手可以拿刀或服毒，沒有雙腳可以跳樓，也沒有下顎和門牙可以咬舌自盡。諷刺的是，醫護人員還特地調了毒藥放在我的枕頭下面，說這樣可以滿足我的自殺慾望。你幫我拿出枕頭下方的瓶子好嗎？謝謝。你看，好巧呢！這和你帶來的瓶子一模一樣，而且也是兩顆同樣大小的白色藥丸。不過這並非番木鱉鹼，而是毒性強很多的烏頭鹼（Aconitine）。如你所見，我就枕頭底下有毒藥都沒辦法自殺，你能想像沒有手腳又沒有半邊臉頰的生活嗎？你覺得這樣活著有意義嗎？沒有。所以，看到你來索命我一點也不害怕，反而非常高興。世間還有比死在我意圖殺害的人手上更幸福的事嗎？」

病患看向男人，只見他閉口不語，整個人動也不動，彷彿被石化了一般。

「可是，」病患再度開口，「有件事令我十分不齒。你剛才說，你已經對番木鱉鹼免疫。對我而言，你的這種心態比死亡還要可怕。

你應該很清楚我為什麼想毒死你吧？你橫刀奪愛搶走了我的未婚妻，將我推入不幸的深淵。如果只是這樣，我還不至於殺你，但你娶她過門沒多久，她就得了肺癆，沒想到你竟然立刻拋棄了她，害她鬱鬱而終！我恨死了你的殘酷無情，所以才決定毒死你再自殺。下毒是懦夫才有的行為，但對付你這種卑鄙小人根本不值得用刀槍，那些武器太有男子氣概了，用在你身上太過可惜。

別氣別氣，你現在不也像個懦夫一樣，準備毒死我嗎？你為什麼不像個男人一點，用刀槍殺我呢？因為你沒有勇氣。我對你下毒後，為了重拾男人的尊嚴而抱著炸彈尋死，只是事與願違，成了這副求死不能的模樣。然而你呢？與我一同服毒這個計畫是不錯，但最後你還是會活下來不是嗎？你想要做得神不知鬼不覺，然後長命百歲，活到壽終正寢。你為什麼不拿出男子氣概和我一起赴死？我對你這種懦夫心態非常感冒，你這種人就跟毒婦一樣無藥可救。你的懦夫計畫是很戲劇化，卻和婦人之見一樣漏洞百出，光憑這種計畫要怎麼取我性命？」

床邊的男人呼吸愈來愈急促。

「我是絕對不會反抗的，也沒有力氣反抗。你就為所欲為吧，但我告訴你，你的計畫絕對不會成功的，你還是想想其他辦法吧。」

「你說什麼？」男人橫眉豎目地往前踏了一步。

「哇，好兇喔。可是你身上沒帶刀吧？就說你這計畫漏洞百出了。給你個建議好了，你向護士借把刀如何？因為你的毒藥根本傷不了我分毫。我很想告訴你為什麼，但我打從心裡恨透了你這種懦夫，所以還是不說了。」

聽到這裡，床邊的男人已是怒不可遏，他咬牙切齒、雙手顫抖，一把抓起床頭櫃的水壺倒了一杯水，然後手腳利索地倒出藥丸，塞入病患口中，灌水逼他吞下。

沒過多久，就聽到病患吞嚥的聲音。

男人注視著他的臉，只見病患眼中浮現笑意。

「你呢？你怎麼不吃？看來你只是在吹牛吧。」

男人沒有回話，默默用剩下的水將另一顆藥丸吞下肚。

兩人就這麼大眼瞪小眼了半晌，等待彼此的反應，房內是令人窒息的沉默。

五分鐘後——

病患依舊不動聲色，床邊的男人卻開始左搖右晃，看上去像是快抽搐似的，表情十分痛苦，眼神也充滿了恐懼。

「你怎麼了？」病患大叫，「你不是已經對番木鱉鹼免疫了嗎？難道說你是騙我的，其實打算與我共赴黃泉？沒想到你也有如此心善的一面！早知如此，我就對你說實話了。我的胸口被炸彈炸出了大洞後，食道便形成了瘻管，導致食道孔直通腹部表面，吃下食物就會從腹部表面出來。因為嘴巴已失去作用，我現在是用灌腸的方式攝取營養維生。你剛才餵我吃下的藥丸和水，早就吸在我腹部的繃帶上了。我還以為你是個卑鄙小人，所以不肯與你明說。你別死啊！你若死了，可就沒有人殺我了啊！不然這樣好了，你毒發之前先掐死我吧！快啊！喂！」

床邊的男人此時已倒在床上，他發出痛苦的呻吟，看著手上的小藥瓶，好像要說些什麼，卻發不出聲音。病患使出吃奶的力氣抬起脖子向他望去，然後轉頭看向床頭櫃，不禁失聲驚叫：「喂！你……你拿錯藥瓶了！你看瓶蓋！我們兩個吃的是原本放在枕頭下的烏頭鹼。這麼說來，你果然是個……你已經死啦？你這卑鄙小人終於死透了。可是，這樣我要怎麼辦？我該不會要一直活下去吧……」

相似的秘密

在恐懼的驅使下，我哭著懇求父母延婚、向你們說出實情。但他們用「覆水難收」這種不是理由的理由拒絕了我，並強行把我載到婚禮現場。

一

親愛的T

我實在不知道該如何向你描述我現在的心情，想必你現在一定很恨我吧。就連此刻手上握著筆，我都能感受到一種既像恐懼又像羞愧，甚至類似悲傷的情緒，不知該從何寫起。我要告訴你一個關於我的驚天秘密，你知道後肯定會深感意外，但我還是決定說出一切，並向你鄭重道歉，祈求你的原諒。這個決定令我痛不欲生，但相較於東窗事發後的折磨，這點痛苦算不了什麼。當然，我的父母對此堅決反對，但在我的堅持下，他們最終也只能妥協。接下來，我要向你坦白一樁我差點犯下的彌天大罪，因為內容實在太過超乎想像，我想你知道後除了詫異，肯定還會怒不可遏。不過，還好我在犯下大錯前成功懸崖勒馬，這令我十分欣慰，才能夠較為坦然地向你道歉。

我在一段奇妙的因緣際會下嫁進你們家，卻在與你共度新婚之夜後，隔天便離家出走回到娘家，對於我這種不近人情的做法，你肯定是氣得牙癢癢的吧。但是，像我這樣的罪人沒有資格長命百歲，對你的愛愈深，我的心就愈痛苦。你的身影早已深深烙印在我的心頭，夜夜引我進入美夢，然而，那個秘密卻每每讓我從夢中驚醒。

我實在是悔不當初，為何不在婚前就向媒人坦白一切呢？如果我能夠不顧父母反對、勇敢地說出真相，現在也不會鬱悶至此。我恨透了自己的軟弱，一想到這份軟弱深深傷害了你，我就覺得無地自容。雖然我不該怪罪父母，但就是因為他們不准我把事情說出來，才會釀成如此大錯。但另一方面，看到他們不擇手段只為守護你我這份得來不易的良緣，我就不禁深感同情。當初我之所以嫁給你，是因為我以為只要不說，事情就暫時不會敗露，等到有了孩子，到時就算東窗事發，你應該也會不計前嫌地原諒我。所以即便抱著萬分歉意，我還是心存僥倖去與你相親，沒想到雙方很快就談好了婚事，匆忙準備各種結婚事宜，轉眼間就辦完了典禮。

看到這裡，你肯定是滿頭霧水，又或是以為我在婚前與其他男人有染。老實說，我的秘密無關男女之情，唉，雖然我已經決定坦白一切，卻遲遲難以下筆，我就直說了吧……我是個右眼失明的視障人士。我知道，此時的你肯定是大吃一驚，甚至怒火中燒，但還是請你耐著性子讀完這封信。我並非生來如此，而是前年冬天罹患了網膜炎才失明的。網膜炎看起來和一般健康眼睛無異，所以媒人並不知情，相親時也成功瞞過了你。唉，記得相親時我心驚膽跳，活像個面對法官的罪犯。其實，就連專科醫生也無法一眼就看出我的眼疾，更何況你的近視度數很深，戴著眼鏡視力還是比一般人差。也因為這個原因，我的父母才一口咬定事情不會敗露，我也為了迎合他們而決定隱瞞實情，硬著頭皮嫁給你。

一直到婚禮之前，我都不覺得自己罪孽深重。然而婚禮當天早上，我的月事卻突然來潮。看到比預計時間早了十天之多的月事時，我嚇得渾身直發抖。或許你會覺得，世上這種事比比皆是，有什麼好大驚小怪的，但對作賊心虛的我而言，這儼然就是上天發出的警訊。在恐懼的驅使下，我哭著懇求父母延婚、向你們說出實情。但他們用「覆水難收」這種不是理由的理由拒絕了我，並強行把我載到婚禮現場。我們在你家舉辦了典禮，接著是宴客，這一連串的過程對我而言就有如一場惡夢，還好你近視很深，才沒有對我蒼白的臉色起疑。

我的父母大概是慌了手腳，一直到宴客快結束時，才和媒婆說我現在是不潔之身。現場賓客酒酣耳熱，只有我一個人魂不守舍，提心吊膽，既痛苦又羞愧。就連最後與你獨處之時，那柔軟的被褥也有如針氈。我徹夜難眠，一整晚都在慶幸那天自己是不潔之身，否則後果不堪設想。如果我們有了孩子，而孩子又遺傳了我這可怕的疾病，那該有多麼悲慘。憑什麼我所犯下的欺夫之罪，要讓無辜的孩子來承擔呢？一想到這裡我就睡意全失，忍不住哭了起來。你發現後問我為何哭泣，當下我應該要向你坦白一切的，但我沒有，而且還拒絕了你的親吻，把你惹得很不高興。當時的我已是心不在焉，反過來想，如果是你到了新婚之夜才告訴我你得了網膜炎，我肯定會氣到七竅生煙，在悲憤交加之下把你給……很難想像我會做出什麼傻事。一想到這裡，我就沒有勇氣說出口。

因為怕你發現我的秘密，一開始我心驚膽跳，不時擦去淚水，刻意遮住那隻沒有視力的眼睛，幸好你不知道為什麼一直沒有拿掉眼鏡，甚至沒有正眼看我一眼，我才鬆了一口氣。

那一夜我如履薄冰，天一亮就逃也似的回到娘家。父母看到我大吃一驚，不斷責怪我不該回來，要我趕快回去夫家。但我心已決，父母見我寧死不屈的模樣，最後也放軟態度，順了我的心意。如今我好不容易冷靜下來，才鼓起勇氣提筆寫信給你。讀到這裡，相信你已經明白那一夜我為何會是那種反應，你或許會心生同情，但一定很生氣我騙了你，甚至感謝我的懸崖勒馬，才沒有釀成大錯。希望你能明白，我是因為愛你、希望你幸福才這麼做的，如果你愛我，就一定會原諒我。

事已至此，我已經沒臉回到你身邊了。我很愛你，但就算你真的願意原諒我，我也無法忍受自己以殘疾之身與你相伴一生。我的父母也不再強求，他們還沒把事情告訴媒人，但已同意讓我寫這封信給你。不瞞你說，他們似乎不太願意去找媒人。

這段奇妙的緣分就有如南柯一夢。請你就此忘了我，保重身體，再覓良緣，我會暗地向上天祈求你這輩子幸福快樂。其實我還有好多話想對你說，但愈寫愈不捨，此時已是熱淚盈眶，所以就此停筆。請幫我向令尊令堂問好，字跡潦草還請見諒。

文子 ×月×日

二

親愛的T

這實在太令人震驚了，我還以為自己在做夢。今天媒人來我家，轉達了你對上封信的回應，並告知了你的秘密，聽完後我是驚大於喜，看來你我之間是段天賜奇緣。原來我倆都因為網膜炎而單眼失明，只是我是右眼你是左眼，說是偶然未免也太過巧合。命運實在太捉弄人了，我們竟擁有如此相似的秘密，有句話叫「有其夫必有其婦」，用這樣的方式夫唱婦隨，想必是我倆都始料未及的。我和父母一心只想隱瞞實情，完全沒注意到你的眼疾，沒想到我們竟是同病相憐。婚前媒人並未告知此事，直到今天來訪，才苦笑著說原來我們雙方各有秘密，而且都沒有據實以告。還好今天我們是以互相欺瞞的喜劇告終，若是以單方受騙的悲劇收場，媒人絕對難辭其咎。

如今我終於明白，新婚之夜你為什麼就連躺在床上也不肯拿下眼鏡。一想到當時你我都在想方設法掩蓋真相，我就忍不住想笑，如果我們能夠早點坦誠相對，該有多輕鬆呢？但現在後悔已經來不及了。

即便如此，你還是願意對我坦白，並接納我回到你的身邊。我一直愛慕著你，聽到這些話時又羞又喜，這份心情光用紙筆是無法表達的。我的父母終於放下心中大石，只是事發突然，他們先請媒人回府靜候消息，我則是滿心雀躍地等待父母回應。

我們都是失去單眼視力的視障人士，這樣的羈絆或許能讓感情變得根深蒂固，但一想到孩子，我就不禁感到憂心。不過這終究只是庸人自擾，因為我們不一定會生出有問題的孩子。人在心中有鬼時很容易多慮，把秘密說出來後，才發現當初那些自尋煩惱有多麼可笑。雖然我們兩個人加起來只有兩隻眼睛有些辛酸，但外表看起來和一般人無異，只要你願意接受我，我非常樂意與你相守一生。我的父母本就希望促成這段良緣，所以知道你的秘密後非但沒有不高興，還對你的傷殘之身深感同情。他們同意讓我回到你身邊，聽到你願意接受同樣眼盲的我，不禁感動得淚流滿面。

如今我的心中海闊天空。自結下婚約的那天起，我就沒有過安生的日子，直到今天才真正安下心來。下次見到你時我會是什麼心情呢？想必我定是羞愧難當，但我會鼓起勇氣奔向你的懷抱。一想到這裡，我的雙手就顫抖不已，還請你體諒我的心情。家父家母要我代他們向你問好，細節見面詳談，親愛的T。

——看到我這樣寫，你一定很高興吧？但很遺憾，這些都不是實話。在舉辦婚禮之前，我與世上的新嫁娘並無兩樣，心中懷抱著無限憧憬。然而，這些憧憬卻在宴客時瞬間破滅。你的一個朋友……我就不說他的名字了，那天喝得酩酊大醉，對我的母親說出你因為網膜炎而單眼失明的事，母親聽到後，心中的震驚簡直是無可言喻，我知道後更是氣得撕心裂肺。比起單眼失明這個事實，我更氣你欺騙我的行為。你的心怎能如此狠毒？我們同樣恨透了那位媒人，雖然他事先並不知情，但也後知後覺得太過離譜，我這輩子都不會原諒你們。不過，我不想當場把事情鬧大，也不確定你朋友說的是否為真，所以我決定先確認再說。我請父母先騙媒人說我當天早上月事來潮，然後在新婚之夜觀察你的眼睛。沒想到你心機如此深重，竟連睡覺都不肯摘下眼鏡，我也因為心有不甘而不斷哭泣，根本沒心情看你的眼睛。網膜炎從外觀看來和健康的眼睛無異，我不是醫生，就算仔細觀察也看不出個所以然來。但我很驕傲自己勇敢拒絕了你的親吻、守住了自己的貞操。回到娘家後事情仍未明朗，我只好用計引誘你說出實話，所以才寫了上一封信給你。我未曾罹患過網膜炎，雙眼都看得非常清楚，但要讓你這種卑鄙小人坦白，只能以其人之道還治其人之身。你果然上當了，向我說出了眼睛的秘密，我也終於確定你從頭到尾都在騙我。如果你一開始就據實以告，我或許還會樂意嫁給你。然而現在我對你只剩下恨意，我恨你，恨天下男子把婚姻當兒戲，也恨現代日本的婚姻舊俗。即便不是你這種極端的欺騙行為，婚姻還是會伴隨著謊言，這樣的現象實在應該受到譴責。

該說的話都說完了，我與你也就此別過，永遠不再相見。

文子　×月×日

鼻子殺人事件

我看他的鼻子非常不順眼，而直到現在我還是不知道，他的鼻子到底是哪裡惹到我。他的鼻子並沒有特別大，也沒有特別塌，既沒有歪七扭八，也不是朝天鼻。

「小弘等等就回來了，我再請他帶你去看醫生喔。」

由紀子坐在院子的長椅上，用紗布幫愛犬比利擦拭眼睛和鼻子，口氣彷彿在對孩子說話似的。

「你好棒喔，這麼快就痊癒了，中午請你吃好料好不好？」

比利沒有太大的反應，只是坐在原地輕輕對她搖了搖尾巴，看上去還是病懨懨的。之前牠的呼吸道受到感染，有段時間大家都覺得牠應該撐不過這關。因為病得實在太重了，之後雖然逐漸康復，原本美麗的黑毛卻沒有恢復光澤。春陽穿過紅梅灑在由紀子白皙的皮膚上，更顯出比利的憔悴。

「擦好了，來，我看看喔，嗯，變得好乾淨喔。」

由紀子丟掉紗布，從圍裙口袋掏出餅乾給比利吃。比利很撒嬌，吃餅乾時脖子也緊貼在由紀子的大腿上。

由紀子自己也吃起了餅乾，她用受過傷的肺臟大口吸著春日的空氣，胸膛也隨之上下起伏。由紀子和弟弟小弘住在一起，姊弟倆過著恬靜的生活，比利就有如她的親生兒子一般。

「小弘好慢喔，一定是跑到哪裡去鬼混了，他壞壞對不對？」

就在這時，廣播播起了午間的表演節目，這代表已經十二點十分了。

「對了，我得餵你吃藥，等我一下喔。」

她邊拍掉大腿上的碎屑邊起身，比利則有氣無力地趴在地上。

上個節目播完時由紀子就該餵比利吃藥，但她忘了。在責任感的苛責下，她匆匆忙忙地從外廊走進屋裡，卻發現本應放在收音機前的藥袋不見了。

之前比利生病時，小弘建議說：「姊，妳這麼健忘，我們就固定在節目開始時餵比利吃藥吧，這樣妳就不會忘記了。」之後兩人便固定將比利的藥袋放在收音機前，然而如今藥袋卻不翼而飛。

由紀子回想了一陣後自言自語道：「對了，今天早上小弘邊剔牙邊餵比利吃藥，藥袋可能被他拿走了。」

她點了點頭，本想去二樓的小弘房間找找看，但樓梯爬到一半便赫然停下腳步。她要進去小弘房間必須特別小心，絕對不能被他發現，因為小弘有個古怪之處，如果由紀子趁他不在進去房間，他就會因為一些奇怪的理由生氣，比方說，他曾怪罪由紀子沒有對齊他在門上畫的線，也曾指責她在硯台盒上留下指紋，又或是弄破蜘蛛網、書本亂放……等。

有一次由紀子問他：「你房間有不可告人的秘密是嗎？」

小弘回答：「哪有什麼秘密，只是那間房間是我的綠洲，再加上到處都是灰塵，對妳的呼吸道不好。」

因為這個原因，由紀子已經很久沒有進去小弘房間了。但比利才剛痊癒，餵藥一定要準時，所以她還是爬上了二樓，一鼓作氣地拉開房門。

「好亂！」

看著眼前這間亂到沒有立足之處的四坪房，由紀子忍不住皺起眉頭。只見矮桌、火盆、坐墊全擠在一處，書本、報紙、雜誌、紙屑丟得滿地都是。「這什麼鬼綠洲啊……」一陣碎念後，由紀子突然覺得有些好笑。小弘沿著門楣疊了兩層空菸盒，這些菸的品牌五花八門。最裡面的櫥櫃下方鋪著枕頭和棉被，藤蔓花紋的窗簾則拉上了一半。

由紀子站在門口環視房內，不一會兒便在書架上找到了藥袋。她墊著腳尖走進房間，盡可能地減少步數，伸長白皙的手臂拿到藥袋。

就在這時，她看到藥袋下方有一本黑色皮革封面的本子，尺寸就素描本而言有點過小。由紀子在好奇心的驅使下翻開本子，只見上面用粗筆寫著「犯罪的魅力勝過生命的魅力」，並貼著兩張剪報——

無妄之災！愛獵人士因火藥爆炸性命垂危

三日下午六時許，本縣大崎町桐谷×街區的一棟民宅發生爆炸，民宅主人為無業人士近藤進（三十）。據路過民眾表示，當時他聽到近藤家傳出轟然雷動，緊接著便看到窗戶冒出白煙，前往查看後，發現近藤進一臉痛苦地倒在書房地上，全身嚴重灼傷。民眾立刻將傷者送到附近醫院進行搶救，但傷者的臉部和上半身都因火藥爆炸而燒得面目全非，如今性命垂危。據了解，警方目前正在釐清爆炸原因和詳細情況。

火藥爆炸為疏忽所致

三日下午六時三十分，本縣大崎町桐谷×街區發生了一樁火藥爆炸事件。經證實，當時性命垂危的愛獵人士近藤進（三十）已於四日上午九時死亡。據了解，死者於五個月前痛失愛妻，警方原本懷疑死者是因為厭世而打算自殺。後經調查發現，本次爆炸實為疏忽所致，事發當天，死者於書房內幫雙管獵槍填裝火藥，過程中不慎引發爆炸。死者生前與年事已高的女傭兩人住在事發房子內，近藤家在不到半年的時間內雙雙失去男女主人，街坊鄰居都對此深感同情。

剪報後方寫著「犯罪日誌」四個字，用蠅頭小字洋洋灑灑寫了好幾頁，而字跡正是出自小弘之手。此時的由紀子已定在原地，讀得相當入迷。

我很高興自己還能在這裡寫犯罪日誌，如果是在牢獄中寫，不僅只能仰賴從鐵窗照進來的月光，還得想盡辦法甩開絞刑台的幻影，那可就一點都不好玩了。看看現在的我！沒有半點悔意，心中充滿喜悅，還能像平常一樣記錄自己犯下的罪行。惡魔啊！為我流下感激的淚水吧！

只有惡魔知道我的秘密，近藤進的死並非疏失，而是他殺，而且凶手正是我本人。如果我不把真相寫下來，這個秘密就會石沉大海，但我覺得這樣太過可惜。有首俚曲的歌詞是這樣唱的：「隱藏不可告人的感情令人惋惜。」我之所以寫下這篇日誌，就是基於同一種心理。

我與近藤進素不相識。為什麼我會對他起殺心呢？直接了當地說，是因為他的鼻子。我看他的鼻子非常不順眼，而直到現在我還是不知道，他的鼻子到底是哪裡惹到我。他的鼻子並沒有特別大，也沒有特別塌，既沒有歪七扭八，也不是朝天鼻。但我第一次在路上碰到他時，竟忍不住打了個冷顫，全身上下都不爽快。我瞬間有一種感覺，如果不毀了那個鼻子我就活不下去了。於是，我當下便決定取他性命，跟在他的身後，仔細探查他的生活。

觀察了一陣子後我發現，要潛入他家並非難事，他和一個老女傭相依為命，喜歡打獵，而且總是在書房填裝火藥。我依照這些特質擬定了一套殺人計畫，靜待時機到來。

三日——說得準確一點是十二月三日的下午，我像平常一樣走路前往近藤家，夕陽將西方的天空染成了橘色，麻雀忙碌地吱喳而鳴。走到十字路口糕餅店過去的第五、六家店時，我看到一個老婆婆從前方小跑步而來，定睛一看，才發現是近藤家的老女傭。她對魚店老闆說：「剛才有人來通知說我女兒要生了，我出門時已將家裡上鎖，如果我家少爺經過這裡，再麻煩你告知他一聲。」

「哎呀！那真是恭喜妳了！我會告訴他的。」

「少爺預計六點從千葉回來，萬事拜託了！」

「好！」

魚店老闆用力點了點頭。

聽到這裡，我知道自己的機會來了。我快步走到近藤家，悄悄潛入那棟帶有西洋風格的宅院。此時天色已暗，幸運的是，他們家每扇窗都掛著厚厚的窗簾，不用擔心被人看見。

我從倉庫拿出火藥罐放在燈光昏暗的廚房中，然後打開書房門，電燈開關位於門邊的柱子內側，但我沒有開燈，而是摸黑踏著地毯走到書房中央，扭了一下桌上檯燈的開關使之絕緣，這麼一來，要開燈就必須經過兩道手續。之後我摘掉檯燈燈泡，回到廚房看了一下發現，那是一種裝有瓦斯的一百伏特六十瓦磨砂燈泡。我從口袋拿出銼刀，不一會兒就在燈頭鑿出一個小洞。

我透過那直徑約四公分的洞看向燈泡內部，裡頭宛如一個毛玻璃蓋成的穹頂，暈映出柔和而美麗的世界。裡面的支架有如撐開的傘骨，一柱擎天的玻璃棒和兩根銅柱頂起了有如鋼琴線一般的金屬細線，蜿蜒得像是細長銀蛇的爬行。裡頭雖小，卻有如詩中國度般莊嚴肅穆，比起殺人，蹂躪這個世界更令我感到遺憾。

一個回神，我離開了幻想世界，將銼刀放回口袋，做了一個紙漏斗，著手將火藥倒進燈泡內。這些青灰色的火藥比罌粟籽還小，有如沙漏在計時般順勢流入乳白色的燈泡中。隨著火藥從燈頭灌入，整顆燈泡慢慢被染成了鼠灰色。即便從容，中途我的手還是抖了幾下。

裝好火藥後，這顆沉重的鼠灰色燈泡炸彈便大功告成。將燈泡拿到書房的過程中，我的心撲通撲通地狂跳，因為我很清楚，此時若不慎將燈泡摔在地上，我必死無疑。老天保佑，我成功將燈泡拿進書房、裝上原本的燈座。為了保險起見，我將火藥罐打開放在檯燈的另一頭，這麼一來，計畫便布置完成了。

走出宅院時，路上已是黑壓壓一片。回家路上，我在星光的閃爍下想像近藤進受死的模樣——他回家後打開書房，按下門口的電燈開關，電燈卻沒有亮。於是他大搖大擺地走到房間中央的桌子，按下檯燈按鈕，萬事休矣！他必死無疑，而且任何人來看這都是一場意外，因為燈泡藏在燈罩之下，又有誰會想到，燈泡會搖身一變成了炸彈呢？我與高采烈地回到家，只要除掉近藤進、讓那個鼻子永遠消失，我就可以無所顧忌地生活了！

不過，在事情見報前都不能掉以輕心，畢竟我不確定裝滿火藥的燈泡爆炸威力有多強。然而，隔天的報紙證明我想太多了，警方已認定這是一場意外，事情完美落幕，我這輩子都不用愁了。

我在愛倫坡的小說中曾讀到有人因為嫌棄別人的眼睛而行兇，但因為鼻子而行兇的古今中外唯有我一人。一想到自己能為如此罕見的動機想出恰到好處的殺人方法，我就感到得意不已，甚至比除掉那個鼻子還開心。

隨著犯下的罪行愈來愈多，我開始擔心自己會不會走火入魔，最後忍不住殺掉自己的姊姊。最近我總覺得，姊姊的手臂實在白得太過離譜了。

我只能努力消除這份邪念，盡量不去看姊姊的手臂。

由紀子讀完後頭暈目眩，雙腳一軟跪坐在地，她下意識地放下本子，用袖子遮住自己白皙的手臂。她的雙頰漸漸失去血色，眼前也變得模糊不清。小弘的個性、行為……無數的事情在她的腦中形成了漩渦，最後只剩下恐懼，嚇得她全身顫慄。

突然間，廣播傳來輕快的旋律，樓下也傳來一陣口哨聲。

「姊，姊！」

由紀子不敢應聲。

聽到小弘輕捷的上樓聲，由紀子慌慌張張地起身。

「姊，妳怎麼在這裡啊？妳餵比利吃藥了嗎？」

「我就是來這裡找藥的。」

由紀子好不容易才擠出聲音回答。

「妳的臉色好差喔，發生什麼事了？」

此時就連小弘喜眉笑眼的模樣，都把由紀子嚇得半死。

「因為我很快就會死在你的手上。」

「哈哈哈！」看到掉在由紀子腳邊的「日誌」，小弘突然笑了出來，「妳看了啊？這藥有效嗎？」

「藥？你是說……」

「那是我的藥袋。」

「……？」

「妳還不懂嗎？那是我的藥袋，而且還是空藥袋。一般的藥治不了我的病，所以我才會用書寫的方式代替吃藥。簡單來說，這個本子就是我的安全閥。姊妳有時候也會邊哭邊寫日記不是嗎？寫出來心病就好多了對吧？我這麼做也是同樣道理。只要有這個藥袋，我就不會殺人也不會發瘋，只是有點在意妳那雙白得離譜的手臂。」

聽到這裡，由紀子已是滿臉通紅。

小弘一把抓過比利的藥袋便下樓去了，徒留啞口無言的姊姊站在原地。

人工心臟

醫學史上有許多泰斗，如果這些人都能專心致志於開發人工心臟，應該早就開發出精良的成品，打造出所謂的烏托邦了。

「我讀醫大一年級時，曾修過一堂叫做『生理學緒論』的課，在課堂上聽到『人工變形蟲』、『人工心臟』等名詞後，第一次有了開發人工心臟的想法。」生理學家A博士對我說。

過去A博士為了開發人工心臟而煞費苦心，打算用人工心臟代替原本的心臟，拯救人類脫離病痛，進而長命百歲甚至起死回生。他為了做研究而搞壞身體、罹患重病，也沒有因此而放棄，之後好不容易達成目標，卻在夫人死後將這份重大研究棄之如敝屣，再也沒有看過一眼。我曾多次向他詢問箇中原因，他總是笑而不語。然而，有一次我去找他時，不經意地提到了氮氣固化法的創始人——哈佛博士即將來訪日本的消息，也不知道什麼緣故，他聽完竟心情大悅地說：「今天就和你說說你一直想聽的人工心臟開發過程吧。」順帶一提，我是S時報的文藝線記者。

人工變形蟲、人工心臟採用的是同樣機制，都是使用無機物來模仿變形蟲、心臟的運動。科學家之所以發明這兩個東西，是為了證明所有的生物運動都可以用機械的角度來解釋，並沒有那特殊，也並非神乎其技。你應該不曾用顯微鏡觀察過變形蟲運動吧？變形蟲是一種單細胞生物，由半流動性的原形質和核所組成，因原形質會變換成各種形狀來進食或移動，其匍匐前進的模樣有時像是在籬笆上爬行的蛞蝓，有時則像天狗面具慢慢伸長的鼻子。只要在平底玻璃盤上倒入濃度百分之二十的硝酸、滴入水銀，將重鉻酸鉀的結晶浸在盤子一角，這些結晶就會慢慢溶解，沿著盤底不斷擴散，待碰到位於中央的水銀球時，水銀球就會有如生物一般動起來，看上去活像隻不斷伸縮長腳的銀色蜘蛛。這就是所謂的人工變形蟲，仔細觀察你會發現，水銀和變形蟲的運動模式如出一轍。

至於人工心臟，其實也稱不上是心臟，就只是模仿心臟收縮和舒張的交互律動罷了，同樣用水銀就能巧妙地做到。具體而言，就是在沙漏瓶中加入濃度百分之十的硫酸，加入極少量的酸鉀結晶、滴入水銀，再用一支鐵針輕輕觸碰水銀球表面，水銀球就會突然像青蛙的心臟一般忽大忽小，快速反覆進行收縮和舒張律動。

為什麼水銀球能呈現有如生物般的運動呢？因為所有液體在和外界接觸的界線表面都具有一種力量，我們一般稱之為表面張力。液體內部的所有分子從上下左右都受到同樣力量的牽引，然而液體表面的分子卻不同，內側是受到液體分子的牽引，外側是受到其接觸到的物質分子所牽引。往水中滴油，油之所以會在水上擴散，就是因為水的表面張力比油大。同樣道理，往水中滴水銀，水銀之所以會呈現球狀，就是因為水銀的表面張力比水大，這時只要改變水和水銀部分接觸面的張力，讓該部分的水張力大於水銀，又或是減少水銀的張力，張力大的地方就會縮得較小，因而導致水銀球歪斜。以前述的人工變形蟲來說，重鉻酸鉀和水銀在硝酸液中接觸後，接觸的地方就會產生一種名為「鉻酸汞」的物質，降低水銀的表面張力，水銀也會也會因而變型。又因為鉻酸汞易溶於硝酸，導致水銀恢復原來的表面張力、變回原來的形狀，從外面看起來就像完成了一個動作。水銀變回原來的形狀後，下個瞬間又會接觸到重鉻酸鉀，反覆進行之下，水銀才會持續呈現出變形蟲般的運動。

人工心臟又是怎麼回事呢？因硫酸為酸性液體，當硫酸液中的水銀接觸到鐵針，就會發生接觸起電。電一旦傳至金屬和液體，液體就會被電解出氫正離子。這些氫正離子黏附在帶有負電的水銀表面上後，會提升水銀的表面張力，導致水銀收縮，與鐵針分離，進而膨脹成原來的大小，水銀膨脹後又會接觸到鐵針，進而產生電而收縮。這樣的反覆律動，從外面看起來就像是心臟的跳動。

二

聽完如此冗長的說明，你一定覺得很乏味吧。人工變形蟲和人工心臟是我開發人工心臟的契機，所以才說得特別詳細。不過，我開發的人工心臟和剛才說的人工心臟完全是兩種東西。為什麼這麼說呢？當初那堂生理學緒論的教授不斷告訴我們，任何生命現象無論再怎麼複雜，都可以用純機械的方式來說明，前述的人工變形蟲和人工心臟就是個例子。要解釋這樣的生命現象，用物理學、化學即可充分說明，不用假設世上有什麼神奇的力量。教授的話深深烙印在我的腦海之中，現在回頭想想，就算水銀能做出變形蟲的運動，水銀終究是水銀，並非變形蟲；同樣道理，水銀也不是心臟。我年輕時對任何事都不願妥協，因而成了機械論的極端信徒。

正如我前面所說，機械論是一種用純機械角度來解釋所有生命現象的學說。與之對抗的則是生機論，生機論主張生命現象無法透過物理學或化學解釋，必須借助一種無法衡量的神奇力量才足以說明。機械論和生機論自古在學者之間引發了各種論戰，有些時期是機械論大獲全勝，有些時期是生機論贏得戰局，經過了幾次勝敗輪替，直到今日仍爭論不休。

我們可以試著從歷史來看這場論爭，大家都知道，原始人認為有一種玄妙的力量在主宰生命，原始人雖然能感受事物，卻無法深入思考事物，在這樣的情況下遇到生死現象，理所當然會覺得有神靈的力量介入。然而，隨著知識愈來愈發達，人們開始思考何謂生命。補充一下，因日本的科學思想起飛得很晚，再加上難以得知古時的思想型態，所以這裡是以西洋為例。距今約兩千七、八百年前，希臘人對生命進行了較深入的考察，自然哲學家開始思考宇宙和人類的生成，將萬物的根源歸類成地水火風四大元素，建立了唯心論，主張萬象是由四大元素的離合與集散所形成。

同樣在希臘，後來又出了柏拉圖、亞里斯多德之輩，他們對人類進行了透徹的研究，以精神為主，肉體為輔，將精神和肉體劃分開來。因精神現象無法用機械論解釋，導致生機說再次復辟。之後生機說在基督教的崛起下蒙上了一層宗教色彩，支配人心長達千年之久。

十六世紀進入文藝復興時期，現今科學家的先驅紛紛出現。隨著人體解剖生理學愈來愈進步，機械論再次占了上風，進而有了醫理學派、醫化學派等極端學派，認為用物理和化學就足以說明所有生命現象。

到了十八世紀末，知名生理學家哈勒（Albrecht von Haller）再度提倡生機論，認為有些現象為生物獨有，在無生物身上並不可見。正好當時的知名哲學家卡斯特也支持生機論，生機論也因而在十九世紀上半葉達到全盛期。

進入十九世紀後半葉後，自然科學有了驚人的發展，像是鼎鼎大名的達爾文進化論、細胞學說等都是在這個時期問世，機械說也隨之死灰復燃，一路興盛至今。值得一提的是，幾年前過世的知名生理學家杜布瓦・雷蒙（Emil du Bois-Reymond），要說的話其實比較偏向生機論。

生機論和機械論就這樣一路廝殺、經過了幾次勝敗輪替。有些學者本支持機械論，卻因為某些原因不得不轉為生機論。我從學生時代到發明出人工心臟為止，都是極端的機械論支持者。但在實際運用過後，我就拋棄了機械論，也同時放棄了人工心臟的相關研究。

三

大一時我因為上了人工心臟的課而成為機械論的信徒，升上大二後，又進一步修了人工變形蟲、人工心臟的實作課程。過程中我突發奇想，我們能不能用人工製作的方式，取代人類和動物的心臟呢？上生理分論的課時，我才知道心臟只是人體的幫浦，雖然功能簡單，卻是人體最為重要的器官。只要心臟還在跳動，人即便失去意識也能維持生命。我心想，如果我能在心臟停止跳動時，直接換成人工心臟，透過外部能量引發幫浦作用，將血液輸送到全身，是不是就能讓人死而復生，甚至讓人永生不死。於是我運用極為簡單的原理開發出人工心臟，將流過全身的大靜脈血液接入幫浦之中，再透過活栓將血液送入大動脈。我甚至產生了天馬行空的幻想，如果使用電動馬達即可啟動活栓，那麼只要地磁還存在，就有源源不絕的電力可用，這不就是說，人只要裝了人工心臟，就可以活得和地球一樣久嗎？

然而，真正讓我下定決心開發人工心臟的，卻是那些繁雜瑣碎的各式學說。雖說「仔細入微」是學術的本義，但要記住那些五花八門的學說，對學生而言簡直是一種折磨。學說論爭偶爾聽聽還算有趣，但一天到晚聽可就不好玩了。生理學本身就是學說的集合體，在我看來，必須減少學說數量，才能夠掌握生理學的要領，進而簡化人生。

你知道嗎？心臟運動的起源有兩種說法，「肌肉論」認為心臟的動力源於心臟肌肉的興奮，「神經論」則主張源於肌肉內部神經的興奮。有一點是無庸置疑的，那就是心臟跳動的力量來自於心臟本身，因為心臟就算離開人體，只要用對方法，它還是能照常跳動，只是還不確定這股力量是發自肌肉還是神經。為了釐清這一點，許多學者都投身研究動物心臟，其中也不乏傾盡畢生之力的人，但還是沒有解開這個疑惑。曾有學者專門研究三棘鱟這類罕見生物的心臟，充分提出了神經論的立論證據。即便他自己對研究成果充滿自信，但在學界這種充滿偏執的環境下，其他學者並未輕易予以認同。

在我看來，是肌肉論還是神經論根本就不重要，重點在於心臟本身，先有心臟才有這些吹毛求疵的學說。有朝一日我開發出人工心臟，這些學說就只能淪為時過境遷的產物。因為人工心臟的動力為電力，至今所有學說都將被統一成「電氣論」。一想到沒有人能對我的電氣論提出反駁，我就感到無比痛快。只能說年輕人就是年輕人，想的就是不夠深入，一點小事就能令我沾沾自喜。仔細想想，就連我這個幻想出電氣論的人都對這些論爭看不下去了，如果人類真是出自造物主之手，祂看到學者為了肌肉論還是神經論在那邊爭吵不休，肯定覺得人類蠢得好笑。總之，我當初就是因為受夠了這些煩人的學說，才下定決心在大學畢業後全心投入人工心臟的研究，盡快開發出成品。

四

升上大三後，我開始修臨床醫學的課。實際與病患接觸後，我除了漸漸感受到現代醫學的無力，也發現自己學的東西只是各式學說的堆疊，離實用還有很大一段距離。如果學說有個定論，我們就有明確的治療方針可循，然而，現今很多學說都還在爭論當中，治療當然也不夠完善。在為數眾多的疾病中，有特效藥可藥到病除的寥寥無幾，一隻手就能算得出來，其他就只能暫時緩解症狀，等身體自然康復。每當病人有生命危險，無論是什麼病，全都是用注射樟腦液來處理。日本每年有一百幾十萬人死亡，其中大部分都帶著樟腦去另一個世界。相信你應該知道，樟腦液就是強心劑，是用來增強心臟功能的藥劑。由此可見，醫學歸根究底就是強化心臟，急性病也好，慢性病也罷，只要病人的心臟持續跳動，就能夠恢復健康，又或是帶著不治之症繼續活下去。鼠疫、霍亂這些駭人疾病之所以能奪人性命，主要還是因為最後會傷到心臟。也就是說，醫學家與其致力研究鼠疫和霍亂的病原菌，倒不如想辦法增強心臟強度，開發出鋼鐵製的人工心臟。只要開發出人工心臟，任何疾病都不足為懼，醫生就不用針對病症一一進行研究，也無需撰寫更多文獻。每每想到路易・巴斯德（Louis Pasteur）、羅伯・柯霍（Robert Koch）、保羅・埃爾利希（Paul Ehrlich）等人的研究成果，我一方面很感謝他們對人類的貢獻，卻又不禁感嘆，像他們這樣的頂尖天才，為何不進行人工心臟的研究呢？醫學史上有許多泰斗，如果這些人都能專心致志於開發人工心臟，應該早就開發出精良的成品，打造出所謂的烏托邦了。從人類文化進步史來看，人類最大的缺點就是喜歡將事物過度複雜化。我們總是主動走入迷宮，因徬徨歧路而痛苦不堪。當事物變得複雜，就容易本末倒置，因為被枝葉吸引注意力而忽略根幹。盧梭不是要大家「回歸自然」嗎？我認為他的意思不是回到自然的狀態，而是要捨棄枝葉、重返根幹。這也更堅定了我的決心，我一定要儘早開發出人工心臟，回歸醫學的根幹。

隨著文化愈來愈發達、事物愈來愈複雜，醫學變得只注重枝葉問題。這樣的環境孕育出了一種駭人的疾病，那就是肺結核。人類的體質本不利於結核菌生存，只有在體質適合結核菌繁殖時，才會發生肺結核。而人類正是因為文化的進步，才會變成適合結核菌繁殖的體質。就這一點而言，我們可以將肺結核看作上天對人類文化的諷刺。證據就是，現代醫學對肺結核沒有絕對的治療法，甚至可用束手無策來形容。對醫生而言肺結核或許是張飯票，但病患可就苦不堪言了。

每個學醫的人都為了治療肺結核而絞盡腦汁，我也曾經是其中之一。但後來我發現，其實靠人工心臟就能解決肺結核的問題。正如我前面所說，人工心臟可治百病，其中當然也包括肺結核。因肺臟與人工心臟的關係相當特殊，接下來我將特別進行說明。

肺臟的主要功能是交換血液中的氣體。簡單來說，心臟會將全身含有二氧化碳的靜脈血送到肺部，由肺部排出二氧化碳，再將吸入的氧氣送入血液中，轉換為動脈血送回心臟。因此，製作人工心臟時，只要附上能夠排出二氧化碳再注入氧氣的裝置，人體就不需要肺臟了。這麼一來，無論結核菌如何在肺裡繁殖，人都不痛不癢，肺結核問題也就迎刃而解。而且這個手術非常簡單，只要在人工心臟上加裝人工肺臟即可，可謂一舉兩得。

在人工心臟上加裝人工肺臟後，肺臟就無需負責交換氣體，我認為這麼做人體應該會發生一種特別的現象，那就是不再需要大量食物。因此，人工心臟不僅可幫助人類脫離疾病的折磨，某些狀況下還能解決人類的缺糧問題。我不禁開始想像，說不定我們以後就能過上不食人間煙火的神仙生活。

以前應該也有學者想過要發明人工心臟，但我應該是史上第一個想到用人工心臟取代肺部工作來減少食物攝取量的人，所以才特別提及此事。

五

我從以前就對一件事感到匪夷所思，為什麼空氣中有這麼多氮氣呢？空氣中的氮氣比例高達五分之四，而且對人類的生存毫無幫助。或許用目的論去解釋所有事物並不明智，但我認為，空氣中的氮氣肯定和氧氣一樣，對人類的生存有所助益。氧氣對我們的生命而言至關重要，但比氧氣多達四倍的氮氣卻可有可無，這未免也太矛盾了。因此，我認為氮氣進出人體絕對有其意義，只是人類還沒發現罷了。

相信你一定知道，蛋白質是構成人體組織最重要的化學物質，而蛋白質是一種以氮為主的化合物，因此氮化合物是人體不可或缺的物質。氮化合物一般是透過食物攝取，如果人體非常需要氮化合物，卻完全不需要氮氣，實在令人不禁懷疑，神在造物時是不是出了什麼紕漏。所以我推測，神並沒有出錯，人體其實是用得到氮氣的，只是人類還沒有發現罷了。我用「神」這個詞或許會引發你的反感，但用造物主來說明這件事是最簡單易懂的，所以還請你耐著性子聽下去。

問題來了，神安排了哪個器官使用游離氮呢？可想而知一定是不斷有氮氣進出的器官——肺。皮膚運用氧氣稱作「皮膚呼吸」，但主要運用氧氣的器官還是肺臟，同樣道理，皮膚或許也用到氮氣，但主要運用氮氣的器官還是肺臟。

你知道嗎？有種地底細菌能固化空氣中的氮氣，將游離氮轉為氮化合物。就連細菌這種最低等生物都具有如此神奇的力量，最高等動物的人類細胞如果沒有這種力量，未免也太說不過去了。因此我判斷，肺部細胞應該和地底細菌一樣有固化氮氣的功能。

然而，肺部細胞肩負交換氣體的重責大任，再加上人體從食物中就能攝取到必需的氮化合物，所以肺部細胞無暇也無需去處理氮氣。假設我們暫停進食，讓身體陷入飢餓狀態，肺臟應該就會開始固化氮氣，代替消化系統來掌管人體的營養。為什麼人不進食、只喝水也能活好幾週呢？就是因為肺部能固化氮氣的緣故。專家在進行人能餓多久的實驗時發現，人在靜躺的狀態下能撐得比較久，在我看來，這是因為靜躺能減少肺部交換氣體的工作量，進而加強肺部的氮氣固化功能。此外，肺結核的病患之所以會體重劇減，需要補充大量蛋白質，就是因為肺臟被結核菌入侵，導致氮氣固化功能受損。

由此可見，如果肺臟無需交換氣體，就可以全心全意固化氮氣，幫人體補充養分。這麼一來，我們就不用再從食物攝取蛋白質了。一說認為人體每日每公斤體重需要兩公克的蛋白質，如果肺部所有細胞都投入固化氮氣的工作，要製造這點蛋白質絕非難事。

只要開發出人工心臟，再用人工肺臟取代肺部交換氣體的功能，就可以大幅減少食物消費。若能更進一步開發研究，人類說不定就不用進食了！——當時我每天都沉浸在這種美好的幻想中，一心只想趕快畢業去開發人工心臟。

六

大學畢業後，我馬上加入了生理學實驗室，並在取得室主任的同意後，著手進行人工心臟的相關研究。我因為某些原因，還沒畢業就結婚了，又因為不想浪費時間通勤，便請示室主任，讓我們夫妻倆寄宿在實驗室的一個隔間裡。妻子對我的研究深感興趣，便以助理的身分在我身邊幫忙。我倆沒日沒夜地工作，雖然大學位於市區，但學校腹地廣大，一入夜便萬籟俱寂，實驗室裡的瓦斯燈光反射在挑高的天花板上，不禁令人感到落寞又淒涼。不過，每當我們眼中閃耀著希望的光芒、隔著實驗動物微笑對望，就能感受到無盡的幸福與喜悅。有時實驗結果不如預期，妻子見我臭著一張臉徹夜工作，就會陪我熬通宵，不厭其煩地為我打氣。當我因為無數次的失敗而幾乎要跌進絕望的深淵，妻子總是對我伸出援手、給予我力量。如果沒有她，我一定無法開發出人工心臟，我總覺得她還沒有死。命運真的很奇妙，妻子去世後，我也捨棄了費盡千辛萬苦才開發出來的人工心臟。一想到當時的痛苦與快樂，我的心就久久不能平靜。

抱歉我扯遠了。實際著手開發後，我發現事情沒有想像中的那麼簡單。我甚至開始懷疑，過去就算有人嘗試開發人工心臟，大概也是以失敗告終，所以才沒有留下任何文獻紀錄。

一般生理學都是用最常見的青蛙來做實驗，但因為人工心臟作工較細，青蛙的體型太小，所以我都是用家兔來進行。唉，我已經不記得當時弄死幾隻家兔了……雖然我是為了拯救人類，而且每次實驗都會幫家兔麻醉，但現在回想起來，還是覺得很對不起牠們。世人認為科學家冷酷無情，甚至有人以為我們以殘殺實驗動物為樂，但其實並非所有科學家都如此。我曾有幾次想要放棄實驗，就是因為不忍再看家兔受苦。

做實驗時，必須將家兔以仰躺的姿勢固定在特殊底座上，接著上麻醉、打開胸廓的心臟部位、切開心包，然後裝上我設計的幫浦，取代原本的心臟功能。手術過程聽起來非常簡單，執行起來卻相當困難。剛開始我是直接切除整顆心臟，再裝上幫浦取而代之，卻因為大量出血而以失敗收場。為了改善出血問題，我改為保留原本的心臟，在幫浦上加裝幾根長管子，再接到各自對應的大血管上。

起初我一心一意開發人工心臟，把人工肺臟晾在在一邊。後來發現這樣很不方便，因為光是將幫浦管子接上肺動脈、肺靜脈，就得經過多道手續，直接加裝人工肺臟反而比較省事。因為心臟有四個腔室，人工心臟也必須設計成四個腔室，然而在加裝人工肺臟後，就只剩下活栓的上下兩個腔室，實際上就只需要一個腔室，構造變得相當簡單。

為了直接觀察內部的血流狀況，一開始我是使用厚玻璃製作幫浦、硬橡膠製作活栓，雙雙改用鋼鐵製造後，我發現鋼鐵比玻璃更適合作為人工心臟的材料。

在說明幫浦的結構之前，我先解釋一下人工肺臟的原理。其實人工肺臟的原理並不複雜，當上下大靜脈送來血液，人工肺臟只需要消除其中的二氧化碳，再輸入氧氣送到大動脈即可。輸入氧氣只要接上氧氣管就能做到，消除二氧化碳就比較棘手了。為什麼說棘手呢？其實消除二氧化碳並非難事，難的是必須在短時間內大量消除。起初我將靜脈血引流到裝有機關的容器內，打算透過強大的負壓去除二氧化碳，但因為血流很快，所以只能去除其中一部分，要去除所有的二氧化碳十分困難。經過一番思考後，我認為只要減少全身靜脈血中的二氧化碳量，或許就可以解決這個問題。為加快含氧量較多的血液循環速度，我將活栓的強度增加為心跳數的三、四倍，成功將靜脈血中的二氧化碳量降到極低，輕鬆解決了人工肺臟的問題。

我先將大靜脈連到人工肺臟，去除血中二氧化碳後輸入人工心臟的幫浦，血液通過活栓上的閥門後被活栓擠出，這時管子就會輸入氧氣，讓血液變成所謂的動脈血，再送進大動脈之中。聽起來人工心臟的體積好像很大，但其實經過多次改良後，就只剩下實驗動物原本心臟的一倍半左右大小。也就是說，以鋼鐵為材料可縮小人工心臟的體積。剛才忘了說，改良後人工心臟仍是以電動馬達作為活栓的動力，去除二氧化碳的負壓也是由電力生成。

這些實驗用說的很簡單，但其實改良過程非常辛苦。我們夫妻倆經常廢寢忘食地工作，這可不是形容，而是真的忙到沒時間吃飯睡覺。做出機器後，要將機器連上家兔的大靜脈和大動脈更是難上加難。起初我用羊腸線直接連接鋼鐵管和血管，但礙於鋼鐵不通，後來又用有一定硬度的橡膠管夾在中間。然而，這麼做偶爾還是會因為壓力調節不均而使連接處產生開口，導致家兔瞬間出血死亡。

手術最不樂見血液凝固。我想你應該知道，血液只要離開血管就會凝固，只要有一點點凝血進入血中，小血管就會發生栓塞而引發組織壞死，所以一定要設法防止血液凝固。我一般是用從青蛙嘴巴取得的水蛭素來防止手術凝血，但即便手術順利結束，大血管與橡膠管接觸的內側還是很容易發生凝血，因而導致實驗失敗。後來我發現，只要加快活栓的運作速度，血液就不會凝固。人工肺臟改良成功後，這個難題也獲得了解決。

第二個不樂見的是細菌引發的化膿。因家兔的血液殺菌力較強，一般只要好好消毒器具、進行無菌手術，就不會發生化膿的情形。防止化膿最重要的就是「快」，也就是迅速進行手術。為了避免化膿以及其他各種不利於實驗的狀況，一定要盡可能地縮短手術時間。所幸我在眾多家兔的犧牲下，成功練出短短十分鐘就開完刀的工夫。雖然整個過程只需開胸、裝置人工心臟、關閉胸廓，但能在十分鐘完成這些工作，我其實滿自豪的。可想而知，人工心臟必須露在胸廓外，如果能收進胸廓之中當然是最好，但很可惜光憑現在的裝置是做不到的。鋼鐵製的心臟給人一種必須時常上油的印象，但其實血液中有一定含量的脂肪，所以不需擔心油的問題。

你應該不難想像，人工心臟大功告成時我有多麼欣喜若狂。記得那天電動馬達發出有如暖秋時節馬蠅於葉上狂舞的振翅聲，驅動著疾如雷電的活栓，我和妻子看到綁在底座上的家兔從麻醉中甦醒後，成功活了五小時、十小時，忍不住抱在一起喜極而泣。馬達聲、去除二氧化碳的聲音、供給氧氣的聲音——這些聲音或許會令家兔感到不快，但這可是人類有史以來，首次成功突破了研究人工心臟的第一道難關，過去多少人做不到的事，我們卻做到了！我想家兔一定也能感受到我們的歡騰與喜悅。如果之後研究可以更進一步讓人死而復生，家兔肯定也會感謝我們的。只要過了第一關，要突破第二關絕非難事。接下來的幾天，我們一直在從事進一步的研究，誰也沒料到接下來竟會出現這麼一個絆腳石。

七

有句話叫「好事多磨」，事情的發展總是不盡人意。突破第一道難關約莫一週後的晚上，我突然咯血了。

當時我進入生理學實驗室大約一年半，剛完成人工心臟研究的第一階段。其實大概從半年前開始，我就出現偶爾輕咳的情形，之前我應該就有發燒，只是因為忙於研究而沒有注意到。所謂的年輕氣盛就是如此吧，我實在太不愛惜身體了，不肯放慢腳步，一心急著想要做出成果，才會嚴重到咯血才發現異狀，因而不得不暫停研究。幸好我現在已恢復健康，那次經驗讓我明白，愈重要的工作愈不能心急，更應該放慢研究的速度。

咯血後，實驗室主任勸我立刻住院治療。但我無論如何都不想離開實驗室，只好將我們住的房間當作病房，由妻子擔任護士照顧我。一開始我大約咯出十公克的血，只能躺在床上，請在內科工作的朋友到實驗室幫我看病。他幫我施打止血劑後，叮囑我一定要好好靜養，我只好乖乖躺在床上休息。

那天半夜我突然醒來，覺得胸口刺刺癢癢的，還沒回過神來就開始劇烈咳嗽，一股溫熱的血液猛地湧上口腔。見我咳個不停，妻子拿了一個杯子給我，看到杯子沒多久就裝滿了鮮血，她嚇了一跳，趕緊又拿來一個臉盆。我維持左側躺的姿勢咳了一陣後，因血勢太過猛烈，來不及吐出的鮮血從鼻腔噴了出來，整個下半臉沾滿了黏糊糊的液體。我的胸腔先是發出戳弄蜂巢的聲音，緊接著又響起雷鳴，一下子臉盆就滿了一半，讓人不禁懷疑，我是不是會直接把全身的血液咯乾。白色床單上沾滿了暗紅色的大小斑點，妻子拿著臉盆雙手不斷顫抖。在瓦斯燈一陣唧唧作響後，夜晚重新恢復了寂靜，一股莊嚴的氣息也隨之向我襲來。

幸好咯血止住了，咯完血後的心情實在是難以言喻。記得我一下便清醒了過來，但立刻又陷入放空的狀態，緊接而來的是一股強烈的不安。

那是一種心驚肉顫的感覺，害怕得令人難以忍受，打從出娘胎以來，我從沒嚐過如此恐懼的滋味。相信你已經猜到，我是害怕自己馬上又要咯血，這或許就是對「死亡」的恐懼吧。總之，我突然變得好怕死，在那之後就睡不著了，正確來說是怕到不敢睡，因為睡著後一定又會咯血，一想到這裡我就不敢闔眼。肺臟內部的血管一旦破裂，從外部就是束手無策，醫生也只能站在旁邊乾瞪眼，止血劑等藥物根本起不了作用，只能聽天由命……這實在太可怕了。我以前幫病人診療，從來沒有考慮過他們害怕的心情，我這才深刻地感受到，沒有自己生過病的醫生，是沒有資格幫病人治病的。我甚至產生了一種想法，只要能不再害怕咯血，咯血根本不算什麼，醫學的第一要務不是治療疾病，而是消除病人對疾病的恐懼。

我為了冷靜下來，拜託妻子幫我打嗎啡，又因為一般量無法消除這份恐懼，所以請她幫我注射較高的量。你猜怎麼著？一個小時後我就完全不怕了，甚至在不知不覺間來到了夢境般的國度。你有打過嗎啡嗎？還是有讀過《一個英格蘭鴉片吸食者的自白》[1]呢？嗎啡會讓人進入如夢似幻的快樂世界，那裡沒有恐懼，猶如一座超越時間與空間的樂園。

回過神後，耳邊竟傳來馬蠅振翅的聲音，聽得我滿心疑惑。仔細一聽才發現，還有一股強勁的水聲。有那麼一瞬間，我還以為自己和妻子在××公園中散步，聽著瀑布的聲音、沐浴在秋日陽光之下。但仔細想想，我現在應該躺在病床上才對，往旁邊一看，才發現馬達正在運轉，負壓產生器和氧氣機也都開著。

人工心臟！他們一定是幫我裝了人工心臟！是啊！只要裝了人工心臟，病患就可以無憂無慮，不知恐懼為何物！有了人工心臟，人類就可以活在樂園之中，打造出安然無恙的世界！

滿心歡喜的下一瞬間，我又開始劇烈咳嗽和咯血，樂園突然變成了十八層地獄。原來那並不是人工心臟的馬達聲，而是我咯血時胸腔發出的聲音。在嗎啡的作用下，我還以為自己來到了人工心臟創造出的安樂世界。這次我只咯出了三杯血，但隨著嗎啡失效，一股猛烈的恐懼感再次席捲了我的內心。

我靜靜躺在床上，心中盡是對人工心臟的憧憬。當初我之所以發明人工心臟，只是為了幫助人類延長壽命、擺脫死亡，但經歷這場夢境後，我開始相信，人工心臟一定能將病患從疾病的恐懼中拯救出來。這愈發堅定了我的決心，為了幫助人類脫離「對疾病的恐懼」，我說什麼都要開發出人工心臟。

我想起以前在心理學課上學過的詹姆斯－蘭格理論（James–Lange theory）。該理論認為，人之所以感到恐懼，是受到各種恐懼表情所影響。簡單來說就是，我們不是因為害怕才寒毛直豎、臉色發白，而是因為寒毛直豎、臉色發白才感到害怕，這是一種非常極端的機械論。經歷過咯血後，我依然對機械說深信不疑，詹姆斯－蘭格理論巧妙地說明了為何人工心臟足以消除恐懼。人在害怕時心跳會減速，嚴重者甚至會心跳停止，依照該理論的說法，人就是因為心跳減速或停止才感到恐懼，因此，若能裝置人工心臟、維持原本的心

譯註1　英國散文家德昆西（Thomas Penson De Quincey）依自身經歷寫成的作品。

跳，就不會感到害怕了。

當時我一心只想快點痊癒，早日重啟人工心臟的第二階段研究。幸好我前後只咯血了五次，之後身體恢復得相當順利，靜養一個半月後就能下床工作。幫我治療的朋友苦口婆心，不斷勸我換個地方療養，但我堅決不肯。妻子體諒我的苦心，與我再次投入研究。現在想想真是悔不當初，當時我應該要聽朋友的話去療養的，因為妻子比我更需要調養身體。她在照顧我時，肺部已經感染得相當嚴重，她的個性和我一樣固執，所以完全不會在我面前表現出來。

八

接下來，我們開始進行第二階段的研究，透過人工心臟幫動物起死回生。這個階段的研究並沒有想像中那麼困難，我用各種毒物將家兔毒死，待心臟停止跳動後，直接開胸裝置人工心臟。實驗結果顯示，只要在死後五分鐘內裝置人工心臟，家兔就能恢復意識，超過五分鐘則無力回天。這代表著，要讓冷冰冰的屍體復活是不可能的。不過，當初我們沒想到復活家兔竟然這麼簡單，所以第一次讓家兔復活時，我們雖然有點意猶未盡，卻還是高興得在實驗室裡手舞足蹈。老實說，當時我們犧牲了很多家兔，花了一番工夫才選出適當的毒藥。我們沒有辦法等到家兔自然死亡，只能用人工的方式殺死牠們，但因為有些毒藥會改變血液的性質，過程中遇到了不少瓶頸。即便某種毒藥實驗成功，也不代表其他毒藥不會失敗，所以必須盡可能多方嘗試，因而付出了大量心血。

既然我開發人工心臟是為了幫助人類脫離恐懼，家兔實驗成功後，下一步就是運用在人類身上。老實說，喀血以後我便無暇他顧，一心只想打造理想中的樂園，拯救人類於恐懼之中。脫離恐懼成了我開發人工心臟的主要目的，當恐懼不復存在，世界該有多麼美好啊！接下來我改用狗做實驗，狗的體型比家兔大，除了改用較大的幫浦，手術過程並無差異，只是需要較強的電力。我們對狗也進行了死而復生的實驗，結果顯示，狗在死亡十分鐘內都可以復活。也就是說，較大的動物死後裝置人工心臟的時間可延遲較久。我認為這和血液的凝固性有關，體積愈小的動物凝血速度愈快，死後沒多久血液就會凝固，而血液一旦凝固，人工心臟就無法發揮效用。我推測比狗更大的動物應該可以延遲更久，拿和人類差不多體重的羊一試發現，即便超過十五分鐘才裝人工心臟，羊依然可以成功復活。接下來輪到人類了，只能說造化弄人，正當我尋思著要用人類進行實驗時，我的第一個人類實驗對象，竟是一路陪我開發人工心臟的妻子——房子。

一天，妻子在實驗室突然昏倒。我緊急將她抱到床上，給她用了赤酒後，她很快便醒了過來。我摸上她的額頭，才發現她燙得跟著火似的，一量體溫嚇了一大跳，竟高達四十一點五度。我趕緊拿冰袋幫她降溫，並請之前那位內科朋友來看診。聽到他宣布病名時，我不禁寒毛直豎，那種感覺至今回想起來依然後怕。他說妻子得了粟粒性肺結核——粟粒性肺結核！這無異於宣布了她的死亡。妻子很久以前就出現肺部症狀，只是不斷在忍耐，才會造成如今無法挽回的局面。我雖然痛不欲生，但心中還是抱著一絲希望，那就是用人工心臟挽救妻子的性命。

妻子看到我和朋友的表情，立刻察覺到自己命不久矣。朋友離開後，她問我：「我是不是沒救了？」

我不知該怎麼回答，只是默默搖了搖頭。

「我的身體我自己清楚，但我一點也不害怕死亡。」

聽到那滿是希望的聲音，我不禁「咦」了一聲，看向她的臉龐。

「這不是有人工心臟嗎？我死掉的話，你一定要立刻幫我裝人工心臟，這樣我就能復活了。」

「妳別說這種喪氣話，樂觀一點。」

「你才要樂觀一點，我們付出了這麼多心血，若最後不拿人類做實驗，終究是功虧一簣。當初實驗成功我便下定決心，就算沒有生病，我也會赴死讓你拿我的身體做實驗。」

聽到這裡，我忍不住握住她的手，吻上她的唇。

「你願意拿我做實驗嗎？你一定很開心吧。至今我們都是拿兔子和狗做實驗，既然動物無法說明用人工心臟續命的感受，就由我來親身體驗吧。我相信那一定如你所說，是個無病無痛的安樂世界，我已經迫不及待要死去了，你說，我什麼時候才會死呢？」

聽到她這麼說，我更加難受了。

「妳不要急……」

「怎麼能不急？你趕快去準備，來不及我會很難過的！」

我這才恍然大悟：「是啊！妻子得的是不治之症，用人工心臟完成妻子的願望，才是對她的仁慈！」於是我照顧妻子之餘，一得空便準備手術的相關事宜。平常是因為有妻子在身邊我才能勇往直前，這次只有我一個人，心中總有些忐忑不安。

九

準備好人工心臟的隔天早上，妻子的病情惡化，朋友紛紛趕來探望。妻子支開了其他人，只留下室主任和主治醫生朋友，對他們說她命不久矣，打算讓我幫她進行人工心臟的實驗手術，希望他們倆能幫忙作證，以確保我日後不用負任何法律責任。而室主任也含淚答應了她。

之後妻子請他們兩人離開，說是要看看人工心臟。我拿給她看後，只見她微微一笑，喉嚨發出一聲嗚咽，便靜靜地闔上了雙眼。

我見狀立刻打起精神，先是告知門外的人妻子已經斷氣，請他們在手術期間不要進來，之後便立刻準備動刀。

至今我仍忘不了那天手術刀劃開皮膚的感覺。我迅速地幫妻子開胸，在她死後九分鐘開始裝設，僅花了十三分鐘便大功告成。

我用血跡斑斑的手打開馬達開關，馬達立刻發出其特有的運轉聲。一分鐘，兩分鐘，三分鐘……我看著她的雙眼，一邊檢查脈搏。活栓一分鐘運動兩百五十下，雖然無法確認脈搏數，但至少能確定血液正在全身循環。

五分鐘！她的雙唇恢復血色的同時，眼瞼也微微抖動，我見狀差點驚叫出聲。我實在太高興了，因為當初那些接受實驗的狗和羊，一開始也出現了眼瞼抖動的情形。

七分鐘！她的兩個眼球開始左右轉動，我努力壓抑著手舞足蹈的衝動，目不轉睛地盯著她瞧。

九分鐘！她睜開雙眼看著上方，動了動嘴唇。

十一分鐘！她的視線集中到了我身上。

十三分鐘！她嘆了一口大氣，我也終於忍不住叫出聲來。

「房子！妳活過來了！妳知道自己復活了嗎？」

然而，她的臉上卻沒有半點表情。

「房子！人工心臟的實驗成功了！高不高興？」

「很高興。」她的聲音有如機器一般。

「很高興對吧？我也很開心！妳獲得新生了！」

「怪了！」她的臉僵硬得像是戴著面具，「我剛才說了很高興對吧？可是卻沒有半點喜悅之情。」我暗吃一驚，毫無預警地吻上了她的唇。

「老公，原諒我！我感受不到半點悸動。」

此時的我已藏不住心中的訝異。

「老公，對不起，我想笑也笑不出來，想高興也高興不起來，這樣活著和死了根本沒兩樣！」

聽到她這麼說，我絕望地將臉埋入床單。

「老公！這樣不行！你快幫我拿掉人工心臟！我對死亡和復活都沒有任何感覺了！」

這句話將我這兩年的研究盡數粉碎。我們只想到人工心臟能消除恐懼，卻沒想到快樂和其他情緒也會因此消失。我既悔恨又慚愧，然而如今的妻子，就連這些情緒都感受不到了。人工心臟終究只能打造出人工人生。

「啪！」的一聲，我不假思索地關掉了馬達。

這是個很長的故事對吧？這場悲劇或許印證了詹姆斯－蘭格理論，但在那之後，我就對機械論敬而遠之了。機械論終究使人希望破滅，正因為會害怕、會生病、會死亡，人類才具有生存價值。

也因為這個原因，妻子去世後，我便毅然決然地放棄了人工心臟的所有研究。但如果有機會，我還是想從事前面提到的肺臟氮氣固化研究，只是我的經驗告訴我這種研究急不得，所以遲遲沒有下手。

聽到你說氮氣固化法的發明人哈佛博士即將訪日的消息，我才忍不住長篇大論地懺悔了起來。看來生理學家還是玩玩水銀的「人工心臟」就好，這樣比較令人放心，哈哈哈哈哈。

作者簡介

小酒井不木（こさかい ふぼく，一八九〇—一九二九）

日本推理小說家、醫學家。愛知縣出生，本名小酒井光次。一九一一年進入東京大學醫學部就讀，畢業後曾任東北帝國大學醫學部助理教授，又受文部省之命前往歐美深造，為當時生理學研究領域的世界權威之一。留學期間，除了鑽研各類醫學研究之外，也廣泛接觸海外推理文學，返鄉後以其獨到的醫學視角結合犯罪主題，陸續於雜誌《新青年》發表犯罪研究和海外推理小說譯介，後結集成《毒及毒殺研究》、《殺人論》等論文集問世。一九二五年開始將寫作觸角延伸至偵探小說創作，作品取材自醫學，又擅於描繪人體如何被破壞、分析人物精神病理等，風格冷澈而奇魅，屬於日本偵探小說界「變格派作家」之一，代表作品包含〈人工心臟〉、〈戀愛曲線〉、〈愚人之毒〉、〈屍體蠟燭〉等。一九二九年因結核病逝於名古屋，遺稿由同為推理小說家的摯友江戶川亂步編輯成《小酒井不木全集》出版。

死亡預告

這次要輪到我了嗎？
野村胡堂的名警探推理短篇集

作　者	野村胡堂	譯　者	張嘉芬
定　價	360元	ISBN	978-626-7096-10-9

藏在面具下的犯罪心理，往往來自意想不到的深刻羈絆。
愛恨情仇×人物關係×懸疑殺機……凶手就在身邊？

消失的女靈媒

操弄人心的心理遊戲，
大倉燁子的S夫人系列偵探推理短篇集

作　者	大倉燁子	譯　者	蘇暐婷
定　價	360元	ISBN	978-626-7096-14-7

女性推理作家獨有的直覺、深度的人性描寫，開啟偵探小說新風貌！
怪奇心理×國際元素×機密魅惑……暗藏驚人的祕密？

鈴木主水

武士的非法正義，
久生十蘭的推理懸疑短篇集

作　者	久生十蘭	譯　者	劉愛夌
定　價	365元	ISBN	978-626-7096-18-5

巧妙運用多種元素，堪稱最難以框架的推理。
虛實交錯×主題深刻×震撼人心……心底的怪物從何而生？

鬼佛洞事件

究竟是天譴還是謀殺？
海野十三偵探推理短篇小說集

作　者	海野十三	譯　者	侯詠馨
定　價	380元	ISBN	978-626-7096-22-2

以科幻的趣味創作推理小說，用推理的謎團傳播科學的概念。
變格推理×心理認知×肉眼殘影……撲朔迷離的怪奇案件。

RECOMMENDED BOOKS

好書推薦

深夜的電話

藏在細節裡的暗號，
小酒井不木的科學主義推理短篇集

作　者	小酒井不木	譯　者	侯詠馨
定　價	380 元	ISBN	978-986-5510-61-9

至關重要的破案線索，就藏在你看不見的細節裡。
鑑識科學 × 醫學知識 × 顱骨復原術……這一次，你能抓得出兇手嗎？

後光殺人事件

接近 99% 完美的犯罪，
小栗虫太郎的密室殺人系列推理短篇集

作　者	小栗虫太郎	譯　者	侯詠馨、蘇暐婷
定　價	340 元	ISBN	978-986-5510-76-3

難以解的華麗謎團，見證了人類想像世界的極限。
神話 × 宗教學 × 精神分析……誰能解開謎底，找到關鍵出口？

瘋狂機關車

有如日本的福爾摩斯探案，
大阪圭吉的本格推理偵探短篇集

作　者	大阪圭吉	譯　者	楊明綺
定　價	350 元	ISBN	978-986-5510-91-6

以嚴謹的解謎邏輯，鋪陳出魔術般的「不可能犯罪」。
愛恨情仇 × 人物關係 × 懸疑殺機……兇手就在身邊？

人造人事件

隱藏在廣播中的死亡密碼，
海野十三科幻偵探短篇小說集

作　者	海野十三	譯　者	侯詠馨
定　價	360 元	ISBN	978-626-7096-04-8

幻想性十足的主題，犯罪手法超越讀者的想像邊界。
怪奇心理 × 國際元素 × 機密魅惑……暗藏驚人的祕密？

起死回生的暗黑魔戒，

小酒井不木醫學犯罪小說選集

書　　名	人工心臟
作　　者	小酒井不木
譯　　者	劉愛夌
策　　劃	好室書品
選文顧問	林斯諺
特約編輯	霍爾
封面設計	吳倚菁
內頁排版	洪志杰

發 行 人	程顯灝
總 編 輯	盧美娜
美術編輯	博威廣告
製作設計	國義傳播
發 行 部	侯莉莉
財 務 部	許麗娟
印　　務	許丁財
法律顧問	樸泰國際法律事務所許家華律師

藝文空間	三友藝文複合空間
地　　址	106 台北市安和路 2 段 213 號 9 樓
電　　話	(02)2377-1163

出 版 者	四塊玉文創有限公司
地　　址	106 台北市安和路 2 段 213 號 9 樓
電　　話	(02) 2377-1163、(02)2377-4155
傳　　真	(02) 2377-1213、(02)2377-4355
E-mail	service@sanyau.com.tw
郵政劃撥	05844889 三友圖書有限公司

總 經 銷	大和書報圖書股份有限公司
地　　址	新北市新莊區五工五路 2 號
電　　話	(02) 8990-2588
傳　　真	(02) 2299-7900
初　　版	2023 年 6 月
定　　價	新台幣 398 元
ISBN	978-626-7096-36-9（平裝）

國家圖書館出版品預行編目 (CIP) 資料

人工心臟：起死回生的暗黑魔戒，小酒井不木醫學犯罪小說選集 / 小酒井不木 著；劉愛夌譯 .-- 初版 . -- 台北市：四塊玉文創有限公司，2023.06　192 面；14.8X21 公分 . -- (HINT：11)
ISBN　978-626-7096-36-9（平裝）

861.57　　112006606

三友官網

三友 Line@

HINT

HINT